시인. / 수필가 / 시 낭송가
정창운

정창운 시인 본가(아포 제석동)

경북 금릉군 아포면 제석동 903번지 자택에서 부모님 생신 날 형제들 모임

고향 마을 어르신들을 찾아 뵙던 날
(아포 제석동 사무소)

어머니와 우리 3형제(어린 시절)

옛 고향 본가에서 부모님 회갑 잔치 하던 날(1972년 3월)

아들 정연환 돌 사진

보병제25사단 헌병중대장 시절 부인과 같이
김천에서 오신 부모님과 육사 동생 면회하던 날

부모님 회갑 때 인산인해를 이룬 동민들 모습(1972년)

육군20사단 포병사령관 정길수 대령(고향 형님)
회갑날 방문 동민들과 악수(1972년)

육사 생도인 동생을 면회한
정창운 부부

부모님과 저희 부부와 같이
육사 재학중인 동생 정창인을 면회

보병25사단 헌병중대장 시절 대통령 영부인 육영수 여사를
전방 GOP 초소까지 경호한 모습/정창운 대위
(앞줄 가운데, 영부인 육영수 여사)

정연환의 의과대학 졸업식 모습
(한림대 의과대학/現 비뇨기과 의사)

아포국민학교 총동창회장
취임 인사하는 정창운

정창운 시인이 농민문학작가상 수상시
부인과 아들이 같이 참석함

연세대 대학원 MBA 총동창회

연세대 총동문회 예술분과위원회 송년회
(앞줄 우측 첫째 정창운 시인)

연세대 대학원 MBA 포럼에 참석

새마을중앙연수원 교수시절
전국에서 교육 온 새마을지도자와 기념촬영
(뒷줄 좌측 첫째 정창운 교수)

새마을중앙연수원 교수시절 연수생들과
전경환 회장과 함께

대한민국 전국 ROTC 동문들의 국립현충원 참배 후 기념촬영

대한민국 ROTC 제2기 정기총회 및 정창운 회장 취임식
(육군회관에서 인사말 하는 신임회장 정창운)

대구 2군사령부에서 김진호 대장 기념품 전달(오른쪽 정창운)

대한민국 ROTC 2기 학록회 송년의 밤(국방컨벤션센터)

헌병친구 양재수 가평군수 공덕비 앞에서
양재수 군수와 헌우회 회원들

칠순잔치에서 하객들 앞에서 노래하는 정창운 부부
(프레지던트 호텔)

칠순잔치에서 인사말과 케익 커팅하는 정창운 부부
(프레지던트 호텔)

정창운 부부 칠순잔치 축하차 참석한 이철우 의원(현 경북도지사)
(2009. 3. 7 / 서울 프레지던트 호텔)

손녀 정영서 돌잔치(서울 팔래스 호텔
(양쪽이 정창운 한수연 부부, 가운데 아들 정연환, 며느리 김지연)

중국 북경 여행시 천안문광장 앞에서 부인과 함께

북경 천안문광장 앞에 선 우리 가족들
뒷줄 좌부터 며느리, 아들, 부인, 본인(정창운), 앞줄에 손녀 정영서, 손자 정영준

일본 동경 여행중인 가족들 모습

재경 경북대학교 ROTC 총동문회 2020 정기총회 및
회장 이취임식((국방컨벤션센터)

무창포 해변에서 어머니와 아들

정연환 국군군의학교 장교 임관식
(영천 3사관학교)

손녀 정영서 돌잔치에서
(서울 팔래스 호텔)

아들과 딸과 우리 부부

손녀 정영서, 손자 정영준
초등학교 졸업식날

손녀 정영서, 손자 정영준의 어릴 때 모습

관악문협 관악문학상 시상식(원내 정창운 시인)

한국문인협회 이광복 이사장과 함께
(한국문인협회 문인권익옹호위원 일동)

김천중학교 3학년 1반
(홍재룡 담임 선생님과 기념촬영)

1953년 국민학교 졸업사진/경북 김천 아포국민학교
중앙에 박래태 교장선생님과 그 옆에 훗날 대한민국 검찰총장을 하신
박순용 검사의 아버님이신 박희준 교감선생님의 모습이 보인다
정창운 시인은 앞에서 셋째열 우측에서 세번째이다

- 17 -

헌병 동기생 양재수의 가평군수 취임식날 헌병장교 동기생들과 기념촬영
앞줄 좌측부터 홍종길, 이영복, 양재수 군수 부부, 김동휴, 김순흠
뒷줄 좌측부터 김택원, 정창운, 김준일, 안삼수, 임기선, 정성일

서울 교육문화회관에서
재경 김천금릉향우회를 마친 후
당시 회장이던 전 육군참모총장
12.12사태 계엄사령관이시던
예비역 육군대장 정승화 장군과
기념촬영
정창운은 그 당시 재경향우회 이사

좌측이 정창운 시인
우측이 정승화 대장

대한민국ROTC제2기 임관 36주년 기념 및 정기총회(2000년4월26일 육군회관)
앞줄 좌측에서 세번째 2기 감사인 정창운
다섯번째 김윤기 전회장(건설교통부 장관 역임), 여섯번째 조웅기 ROTC회장
일곱번째 손병두 전경련상임부회장(2기 회장, 서강대총장)
여덟번째 이리형 전회장(한양대 부총장)
열세번째 이안재 새마을운동 중앙연수원장, 열네번째 양승권 장군(육군소장)

동작동 국립묘지에서 대한민국 ROTC 동문들 참배 현장
좌측에서 첫번째 2기 수석부회장 정창운, 네번째 ROTC 중앙회장 김병묵
(경희대 총장), 맨 우측이 예비역 육군대장 박세환(전 국회의원)

1972년 3월 부모님 회갑시 부모님 앞에 도열한 우리 형제들
좌로부터 첫째, 막내 정창인(육군사관학교 생도)
둘째, 3남 정창우(동양세멘트 중기사업부 근무)
셋째, 차남 정창배(김천경찰서 수사과 근무)
넷째, 장남 정창운(육군과학수사연구소 총기발사과장)
뒤쪽 지붕 밑에 박순용 검사(검은 양복)(그후 검찰총장 역임)
장소 : 경북 금릉군 아포면 제석동 903번지 본가

아포국민학교 8회 동기회 남녀 일동
구미 금오산에서 야유회 마치고(1988. 4. 2)

경북대 ROTC 2기 장교출신(백구회) 친구들과
경북 풍기소수서원 야유회에서(2007. 10. 11)

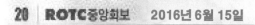

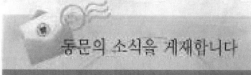

제1회 황금찬 전국 시낭송대회 특별상 수상

한국문인협회 회원으로 시인이자 수필가인 **정창운(2기, 경북대)**
시 낭송가는 전국 시낭송대회에서 특별상을 수상했다.
이 대회는 (사)한국문학평생교육원 문학낭송가회가 주최하고
(사)전국지역신문협회, (사)한국시낭송가협회가 후원했다.
또 ROTC 중앙회 자문위원인 정창운 시인은 한국시인연대
중앙위원, 한국현대시인협회 지도위원으로 활동중이다.

정창운 시인이 김천시장 출마를 꿈꿀 시 자주 김천신문 사람과 사람 난에 활동사항이 게재되었다

▲ **정창운** 새마을운동 중앙연수원 교수는 지난 25일 대항면 북전, 반곡 등의 구심문고를 돌며 상당량의 도서를 전달하는 한편 복전문고에는 금일봉과 시화작품도 전달하였다.

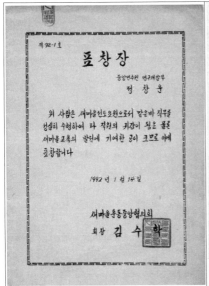

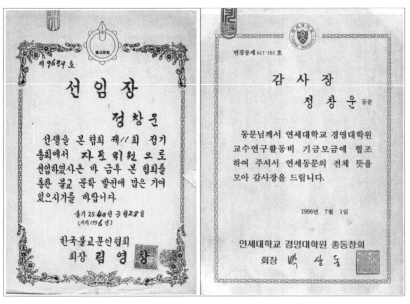

참전용사증서

정 창 운

귀하는 월남전에 참전하여 자유민주주의
수호와 국가발전을 위해 헌신하였으므로 그
명예를 선양하기 위하여 이 증서를 드립니다

1996년 12월 19일

대통령 김 영 삼

국가보훈처장 홍 광 표

第0322號

委囑狀

姓名 정 창 운

貴下를 大韓民國 ROTC
中央會 常任理事로 委囑
합니다.

1997年 9月 9日

大韓民國 ROTC 中央會
會長 朴 世 煥

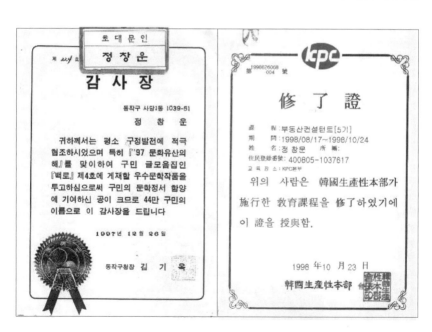

초대문인
정장운

감 사 장

동작구 사당1동 1039-51

정 창 운

귀하께서는 평소 구정발전에 적극
협조하시었으며 특히 『'97 문화유산의
해』를 맞이하여 구민 글모음집인
『백로』 제4호에 게재할 우수문학작품을
투고하심으로써 구민의 문학정서 함양
에 기여하신 공이 크므로 44만 구민의
이름으로 이 감사장을 드립니다

1997년 12월 26일

동작구청장 김 기 옥

kpc

1998626068
第 004 號

修了證

課 程 : 부동산컨설턴트[5기]
期 間 : 1998/08/17~1998/10/24
姓 名 : 정 창 운   所 屬 :
住民登錄番號 : 400805-1037617
교 육 장 소 : KPC본부

위의 사람은 韓國生産性本部가
施行한 敎育課程을 修了하였기에
이 證을 授與함.

1998年 10月 23日

韓國生産性本部

임 명 장

성 명: 정창운

위의 사람을 한국부동산 경매사 협회
부회장 에 임명함

1999년 9월 14일

한국부동산경매사협회장

제 16122 호

표 창 장

서울시동작구재향군인회
이 사 정 창 운

귀하께서 본회 발전을 위해
이룩하신 그 공로를 높이 치하
드리며 이에 표창함

2001년 5월 8일

대한민국재향군인회
회장 이 상

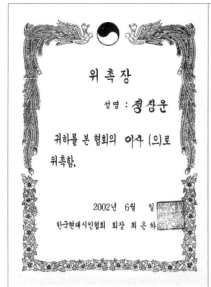

위 촉 장

성명 : 정창운

귀하를 본 협회의 이사 (의)로
위촉함.

2002년 6월 일
한국현대시민협회 회장 최은하

No. 7424

인 증 서

성 명 : 정창운
생년월일 : 1940년 8월 5일

귀하는 2002 FIFA 월드컵 한국/일본™
대회 기간동안 서울시 FIFA 월드컵™ 자원
봉사자로 활동하였기에 이를 인증합니다.

2002년 6월 26일

서울특별시장 고

농민문학

위 촉 장

시인 정 창 운

선생님을 이번 회기 운영위원으로
위촉합니다.
많은 협력과 성원 부탁드립니다.

2005 년 3 월 4 일

한국농민문학회 회장 김 기 억
〈농민문학〉 발행인 이 동 희

임 명 장

직 책 상임위원
이 름 정창운

귀하를 사단법인 한국문화예술유권자총연합회
정관에 의하여 상임위원으로 임명하며 임명장을
드립니다.

2007년 12월 28일

사단법인한국문화예술유권자총연합회
이사장 서 정 태

제26-1407호

위 촉 장

직 책 : 이 사
성 명 : 정창운

귀하를 연세대학교 동문회
제26대(2008. 6. 1 ～ 2011. 5. 31) 이사로
위촉합니다.

2008년 11월 1일

연세대학교 동문회
회 장 박 삼 구

제 2019-113호

상 장

최우수작가상

작품명 : 어떤 민생

정 창 운

귀하는 (사)한국행시문학회가 주관하는
2019 대한민국 주먹행시전에서 위와 같이
우수한 성적으로 입상하였으므로 이 상장을
드립니다

2019년 12월 14일

국회의원 김 성 찬

생자필멸(生者必滅)
회자정리(會者定離)

정창운 시인의 사람사는세상 사람사는이야기

한행문학

정창운 시인의 사람 사는 세상 사람 사는 이야기

생자필멸(生者必滅)
회자정리(會者定離)

2021년 3월 31일 발행

지 은 이   정 창 운 / 010-3134-1077
이 메 일   cug3261@hanmail.net
연 락 처   서울시 관악구 관악로 12길 43

발   행   도서출판 한행문학
발 행 인   정 동 희
등   록   관악바 00017 (2010.5.25)
주   소   서울시 중구 을지로 18길 12
전   화   02-730-7673 / 010-6309-2050
홈페이지   www.hangsee.com
이 메 일   daumsaedai@hanmail.net

정   가   10,000원
I S B N   978-89-97952-37-3-03810

목 차

결혼 50주년 부부 같이 산수(80세)의 나이에 와서

우람한 제석봉 아래에 있는 경상북도 금릉군 아포면 제석동 마을 903번지에서 태어나, 존경하는 우리 어머님 아버지의 정성 어린 보살핌 속에 아포면에 있는 아포초등학교, 김천시에 있는 김천중고등학교, 대구에 있는 국립경북대학교 법대 법학과를 아포 제석동 시골마을에서 기차 통학을 하며(100여 리 장거리 기차 통학) 그 당시 고향 아포면에는 아포 출신 서울, 부산 대학생 모임인 아포유학생회란 조직이 있어 아포 유학생회에 참가하여 선거로 회장에 당선되어 아포유학생회장을 맡으면서 뜻있는 대학 선후배 동기들과 고향 아포면 농촌문고 설립운영위원장을 맡으면서 그 당시 금릉군 공보실의 영사기를 대여 받아 면 각 마을을 돌며 농촌 계몽 영화도 상영하는 등 농촌 계몽활동을 했다. 그리고 추석 명절에는 아포국민학교 운동장 씨름장에서 면민씨름대회도 개최하여 면민들의 즐거움을 갖기도 했다. 그때 씨름대회에서 우리 제석동 마을의 이발관을 경영하던 김경용씨가 우승을 했는데 이발하러 가면 아포면 유학생회장 정창운이 수여한 우승 상장을 이발관 벽에 걸어 놓은 것을 본 옛 추억이 지금도 생생하게 생각난다. 그리고 방학 때면 중.고등학생을 대상으로 웅변 교육을 지도했던 일은 잊을 수 없다. 특히 웅변 교육도

실시했고 웅변대회도 개최하고 그 당시 아포면장이던 채홍식 씨의 아포문화원 웅변부장의 명을 받고 활동하기도 했다. 또 당시는 집집마다 라디오가 귀하던 시절이라 일주일에 한 번 정도 그 당시 중요한 신문 내용을 발췌하여 자전거로 대신 유선방송사에 가서 각 마을로 아나운서 역할을 하면서 아나운서 멘트를 하기도 하며 장래의 꿈이 고향 금릉군수를 하면서 고향 발전을 위해 일하리라고 결의를 다지기도 했다. 그 후 금릉군이 김천시로 편입되면서 이제는 꿈을 꼭 김천시장을 한번 하겠다고 결심하게 되고 그 당시 고향 국회의원이던 박정수 의원에게도 건의를 드렸고 김천출신의 전 육군참모총장이신 정승화 장군에게도 좋은 말씀을 부탁하기도 했다. 그 후 새마을운동 중앙연수원 교수를 하면서 고향 금릉군, 김천시에서 교육 오신 남녀 새마을 지도자, 같이 교육 오신 공무원들과도 종종 차를 나누면서 고향 시장 출마를 이야기하면서 지지를 호소했다. 또 내가 태어난 고향 마을 아포 제석동 동사무소를 찾아 고향 유지분과 어른님들을 모시고 저의 포부를 이야기하면서 앞으로 많은 협조를 부탁 드렸다. 꼭 김천시장에 출마할 것이라고 말이다. 나름대로 본인은 수년간 준비했다. 마지막 그 당시 고향 국회의원이던 임인배 의원에게 전화로 연결하여 공천을 이야기했더니 공천이 곤란하다고 해서 포기하고 말았다. 참으로 애석한 일이었다. 가장 먼저 고향 시골 제석동 어른들에게 약속을 못 지킨 것을 평생 가슴 아프게 생각하고 있다. 공천을 못 받았지만 출마해야 했는데 말이다. 어려운 시절에 고생하여 힘들게 중고등학교, 대학교를 다닌 사람으로서 국가 발전과 어려운 사람들을 위해서는 한번 사회를 위해서는 보란 듯이 한번 일하기 위해 김천 시장 출마를 해야겠고 한번 떨어지면 두 번, 세 번도 도전할 수 있는 것인데 정말 그러지 못하고 의지가 약했다는 것을 생각하면, 황혼의 이 나이에 와서 깊은 후회를 하게 된다. 그래도 대학 졸업과 동시에 대한민국 ROTC 2기 육군 소위로 임관, 육군헌병학교를 졸업하고 수도경비사령부 헌병소대장, 보병제25사단 헌병중대장, 헌병학교 체포수색교관, 6군단 헌병대군기과장으로, 육군과학수사연구소 총기발사과장 및 거짓말탐지기과장으로 근무한 것은 청춘을 다 바쳐서 국방을 위한 소임을 다했다고 볼 수 있다. 그후 군에서 전역 후 새마을운동 중앙연수원에서 교수로 근무하면서 전국의 각 분야 고위공직자와 전국 남녀 새마을지도자를 교육하면서 생활한 것은 큰 보람 있는 일로 생각된다. 교수 하던 시절 전국 남녀 지도자가 교육 오시면 외출 외박이 안 되고 지도자들과 같이 합숙 생활을 했었다. 공부는 법률학을 전공했으나 법학과는 거리가 먼 시인 공부를 하여 시와 시론지에 시인으로 등단하여 시를 쓰는 시인이 되었고 상록수문학에 수필로 등단, 수필을 쓰게 되었고 한국문인협회에서 주관한 제1회 전국 시낭송대회에서 시낭송가 자격을 획득, 시인, 수필가, 시낭송가로서 활동하며 남은 여생을 보내고 있다. 특히 무명의 시인이지만 틈틈이 시골 고향 아포를 사랑하는 시를 썼고, 김천시, 금릉군에 대한 시를 작성했고, 나도 모르게 고향 아포읍지 50주년기념 편찬위원회에서 고향 아포를 주제로 한 시를 가장 많이 쓴 시인이라고 읍지에 추천하고 소개했다. 김천시 50년 편찬위원회에서도 문인란에 김천을 대상으로 시를 쓴 시인으로 소개되었다. 그리고 또 하나는 육군헌병50년사 책자에 권두시를 부탁해 와 권두시를 썼다. 비록 무명시인이지만 아포면읍지, 김천시50년 역사지, 헌병창설50주년 기념책자에 시를 기록할 수 있었던 것과 정창운이라는 이름을 남겼다는 것은 무명시인으로서는 참 다행스러운 일이다. 즉 김천50년사지, 아포읍50년 역사지, 헌병창설50주년기념 책자에 이름이 올라있다는 것이다. 시인이었기에 이름이 오르게 되었다. 아울러 이번 수필집을 발간하면서 수도여자사범대학 국문과를 졸업한 부인의 많은 협조가 있었다는 것을 감사히 생각하고 결혼 50주년, 부부 나이 80세 동갑 나이 산수에 큰 보람을 느낀다. 이제 우리 부부는 80이 넘은 고령이나 의과대학을 나온 아들 정연환, 이화여대 약학과를 나온 며느리 김지연, 손녀 정영서, 손자 정영준은 훌륭하게 잘 자라서 국가를 위해서 훌륭한 인물이 되어 잘 살아 가기를 바란다. 딸 정혜욱이도 잘 살기를 바란다. 그리고 외손자 윤희장, 윤희철은 어머니 정혜옥, 아버지 윤문수에 효도하고 잘 자라서 훌륭한 사람이 되기를 원한다.

한마디 더 남기고 싶은 이야기는 본인의 80세 나이 산수에 만수무강을 기원하며 축하 난을 보내준 시골 초등학교 모교인 아포국민학교의 김구룡 (전)교장선생님과 모교 아포초등학교의 (전)동창회장이신 김현태 님과 1964년 같이 대한민국 ROTC 2기 헌병소위로 임관해 육군헌병학교 교육에 동고동락 50년 이상 끈끈한 우정을 유지하고 있는 6.4헌우회 회원 친구들에게 진심으로 감사를 표합니다.

80세 산수의 나이에 인생은 짧고 예술은 길다는 것을 느낀다. 남은 인생 우리는 서로가 사랑하며 이해하고 베풀고 배려하고 살려고 노력하고 있다. 그러나 참으로 실천은 어렵다. 참으로 인생은 짧고 예술은 길고 사람은 죽으면 이름을 남긴다는 것을 느낀다. 죽은 후에 욕 먹지 않는 사람으로 살려고 노력하나 매사 생각하지만 참으로 실천은 어렵다는 것을 느끼고 가슴 아프게 생각한다.

끝으로 산수의 나이에 와서 지금은 하늘나라에 계시는 우리 어머님 아버지에게 자식에게 베풀어주신 무한한 사랑에 보답해 드리지 못하고 불효한 생각을 하면 가슴이 메어지며 아파옵니다.

가난한 보릿고개의 우리 농촌이 가난하고 매우 어렵던 시절 대부분 사람들이 가난했기에 59년 말 60년대 초 시절, 가정마다 중학교도 보내기가 어려웠는데, 300호 가까이 되는 큰 농촌마을에서 우리 4형제 중 나와 내 동생 둘은 대학교와 육군사관학교에 보낸 우리 부모님은 3명을 대학에 보냈으니 정말 수고를 많이 하셨다. 동생 정창우만 정미소 일 하느라고 학교를 못 가고 형과 동생을 위해 노력했다. 다시 한번 산수의 나이에 하늘나라에 계신 부모님에게 고개 숙여 감사를 드립니다.

정 창 운

1. 경북대 법과대학 법학과 졸업(법학사)
2. 연세대 대학원 경영학과 졸업(경영학 석사)
3. 대한민국 ROTC 2기로 육군 소위 임관
4. 보병25사단 헌병중대장(6군단 헌병대 군기과장)
5. 주월백마사단 헌병대 보좌관(보병20사단 헌병대 조사계장)
6. 시와 시론으로 시부분 등단(1990년)(시낭송가 자격 획득)
7. 상록수문학 수필 등단(2007년)
8. 시집 바람의 노래 외 12권 출간(공저, 시집)
9. 한국현대시인협회 지도위원(이사, 중앙위원 역임)
10. 관악문인협회 지도위원(이사, 중앙위원 역임)
11. 한국농민문학 시분과 회장(현 운영이사)
12. 한국불교문인협회 자문위원
13. 청하문학 백일장 운영위원
14. 한국문협주관 전국경연대회에서 시낭송가 자격획득
15. 안산문인협회 이사
16. 김천신문에 김천시장 출마 예상자로 발표(1990년)
17. 농민문학 작가 우수상, 단테탄신기념 현대시 우수상 수상
18. 한국민족문학회 본상 수상
19. 한행문학 주먹행시특별전 최우수상 수상(2019년)
20. 새마을운동 중앙연수원 교수
21. 대한민국 ROTC 희망포럼 상임고문
22. 대한민국 ROTC 2기 동기회장 역임

23. 국민행동본부 자문위원
24. 한국문화예술유권자 총연합 상임위원
25. 대한민국 ROTC 중앙회 자문위원
26. 한국서민연합회 문화예술 공동위원장
27. 연세대학교 총동문회 이사
28. 아포장학회 자문위원
29. 아포발전회 고문
30. 아포유학생회장(아포출신 대학생모임 단체)
31. 아포농촌문고 설립운영위원장

정창운 시인이 발간한 시집

1. 한 점 바람에도 흔들리는 지구
2. 달팽이의 사랑
3. 관악의 문인들
4. 벙어리 연가
5. 아직 떠나지 못한 자의 발목에
6. 가라 아니면 내 말을 들어보라
7. 바람 불어 준다면
8. 두 그림자를 밟으며
9. 꽃을 보면 꽃이 된다
10. 사계의 바람
11. 눈물이 보석보다 빛나는 이유
12. 배꼽 티의 자유
13. 혹은 또 다른 혹성에서

유한한 인생에서 지혜롭게 살기

우리 인간은 한 일생을 살면서 순간과 찰나 같은 것이 우리 인생살이에 깊게 다가오고 있습니다.

즉 말하면 순간이나 찰나를 아주 온전하게 행복하게 보내야 한다는 것입니다.

정재완 시인은 제목 '인간'이란 시에서 아래와 같이 말하고 있습니다.

> 우리는
> 순간 순간 죽을 수 있다.
> 순간이 얼마나
> 소중한 것이랴
> 얼마나 사랑의
> 소중한 일깨움이랴

인생에 있어서 삶을 표현하는데 있어 기독교에서는 인생을 잠깐 있다 없어지는 안개로 표현합니다. 그리고 불교에서는 한 조각의 뜬구름으로 표현합니다. 또 우리 인류의 영원한 존경을 받았던 테레사 수녀는 "인생이란 낯선 여인숙에서의 하룻밤이다"라고 표현을 했습니다. 인간의 삶이 그만큼 짧고 덧없고 허무한 것이라는 의미일 겁니다.

삶이란 풀잎 끝에 맺힌 이슬이나 석양에 잠시 비춰지는 그림자 아닌가 생각하기도 합니다. 특히 석양에 비춰지는 그림자가 길게 보이지마는 순식간에 사라지지 않습니까?

앞으로 의학의 발달로 수명이 연장되어 100세를 넘긴다 해도 그래도 천세, 영원한 삶을 누릴 수는 없습니다. 비록 인생이 유한적인 것이더라도 오래 사는 것이 중요한 것이 아니라 건강한 삶을 가족과 함께 살다가 가는 것이 더 지혜로운 삶이라 하겠습니다. 또 우리 인간이 살아가다가 보면 한편으로 어찌 매일 좋은 일만 있는 것은 아니겠지요?

우리 인간생활에서는 누군가가 밉기도 하고 끓어오르는 분노, 화나는 일, 억울한 일도 있습니다. 때로는 얄궂은 증오에 빠져 매일매일 보복을 생각하거나 누군가를 미워하고 증오하고 시기하여 아웅다웅 살기에는 너무나 아까운 우리인생이고, 또 우리에게 주어진 삶의 시간이라는 것은 인생이 결코 길지 않다는 것입니다. 그래서 항상 우리는 지혜로운 삶을 만들어야 합니다. 여기에서 한나라 때의 민요 서문행(西門行)의 시 한 구절을 살펴봅니다. 내용인즉,

인생불만백(人生不滿百)
상회천세우(商懷千歲憂)

위의 해석은 사람이 백 년을 채워 살지도 못하면서 늘 천년어치의 조심을 품고 산다는 뜻입니다. 그런데 늘 해도 해도 끝없는 조심 걱정을 품고 살아갑니다. 큰 걱정이 없으면 작은 것을 크게 걱정하고 아주 걱정이 없으면 우리의 양손을 가슴에 얹고 잠시 눈을 감고 잠시 생각해 보면 어려운 일도, 좋은 일도, 슬픈 일도, 즐거운 일도, 다 시간이 흐르면 진정됩니다. 다 이에 맞추어 우리의 마음을 최대의 지혜를 생각해내는 용기와 결단 이 필요하게 됩니다. 그래서 우리 인간은 항시 유한한 세상에서 지혜를 짜내어 가장 합리적인 방법으로 생활해야 합니다. 이 세상에서 썩지 않는 씨앗은 꽃을

피울 수 없습니다. 썩지 않은 씨앗이 꽃을 피울 수 없듯이 우리 인간도 서로가 상대방을 배려하고 서로가 조화, 화합하는 마음 없이 자신의 자존심의 포기 없이는 우리 생의 행복한 꽃봉오리 동산을 만들 수 없습니다.

분명히 이 세상은 자존심도 지키고 목적도 달성하는 그런 어리석은 공간이 아닙니다. 밤의 어둠이 지나야 아침의 찬란함이 찾아오고 여름의 천둥, 번개, 장마를 지나야 황금물결 구비치는 가을들판이 다가옵니다. 모든 세상사 일에는 움직이는 질서가 있고 그에 따라야만 열매를 맺을 수 있다는 말이 되겠습니다.

우리 인간은 사람 일에 끼어들기를 좋아하고 자기 나름의 판단을 하기를 좋아합니다. 그러나 아래와 같은 경우 지혜를 짜내는 생각을 해 봅니다. 옳고 그름이 분명할 때도 부디 침묵하십시오, 옳은 것은 옳다 하고 그른 것은 그르다 하는 똑똑함보다 옳고 그른 것 모두를 포용하는 어리석음이 오히려 훌륭한 거름이 됩니다.

끝으로 말씀 드리고 싶은 것이 있습니다. 짧은 인생을 지혜롭게 살아야 하기 때문이죠! 인생의 스승은 시간입니다. 인생의 스승은 책을 통해서 배운다고 생각했는데 인생을 살아갈수록 그게 아니라는 생각이 듭니다.

언제나 나를 가르치는 건 말 없이 흐르는 시간이었습니다. 풀리지 않는 일에 대한 정답도, 흐르는 시간 속에서 찾게 되었고, 이해하기 어려운 사랑의 메시지도 거짓 없는 시간을 통해서 찾았습니다. 다른 사람과 지혜롭게 살기 위해서는 사람을 대할 때는 가르치려 하지 마라. 다만 진심으로 함께하는 마음이면 절로 통한다.

지혜로운 삶을 생각해 보자

세월이 빠르다고 하는 것은 누구나 느끼고 있습니다.

사람이 나이를 먹게 되면 그 사실이 더욱 확연하고 분명하게 가슴에 다가옵니다. 우리 사람들은 유한한 삶에서 인생을 좀 더 깊이 생각하고 항시 지혜롭게 이 세상을 살다가 되도록 후회 없는 생활을 할 수 있는 데까지 최대한 노력을 해야 한다고 생각합니다.

때때로 우리 인간은 착각을 하고 있는데요, 지금 이 시간 우리는 다시 돌아올 수 없는 길을 가고 있지마는 마치 언제라도 인생을 쉽게 돌아올 수 있다고 경솔하게 생을 이어 가고 있습니다. 그게 아닙니다.

정말 우리가 이 길로 가는 것이 맞는지 이 사람과 함께 가도 괜찮은지 우리의 지혜를 다 짜내어 깊은 생각을 해 보아야 할 것이고, 그냥 즉흥적으로 기분에 따라 이리저리 왔다 갔다 하는 누를 범해서는 안될 것입니다.

때로는 우리 인간은 상대방을 깊은 관용으로 용서도 하면서 이 인생을 살아야 하겠습니다. 어떤 것에 대해 미운 마음을 품거나 자기가 억울한 일을 당했다고 해서 꼬치꼬치 캐고 들거나 속상해 하면서 세월을 허송으로 보내기는 우리 인생이 너무 짧다는 것입니다. 그래서 때때로 인간이 인간을 용서해야 하는 이유가 있기도 합니다.

우리 인생에서 가장 슬픈 3가지는 할 수 있었는데, 해야 했는데, 해야만 했는데…인데 같은 실수를 계속하는 것은 두려워하되 새로운 실수는 두려워하지 말고 과감히 도전해야 할 것입니다. 그리고 우리 인간에게 한 가지 지혜가 필요한 것은 슬픔이 그대의 삶으로 밀려와 마음을 흔들고 소중한 것을 쓸어가 버리면 그대 가슴에 대고 아래와 같은 말하는 담대함을 가져야 합니다.

"이것 또한 지나가리라"

우리 인간이 산다는 것은 호흡하는 것이 아니고 행동하는 것이기 때문에 과감히 다시 도전해 행동으로 우리 인생을 다시 시작해야 합니다. 여기에서 중요한 것은 자아의 확고한 신념을 상실하지 말고 절망하지 않으면 반드시 성취하는 인생이 된다는 것입니다.

삶에 힘을 실어주고 지혜를 주는 명언을 생각해 봅니다. 항상 깨끗하고 맑으면 사막이 되지마는 비가 내리고 천둥 번개가 치고 바람이 불어야만 비옥한 땅이 됩니다.

우리 인생은 견디기 어려운 시련과 절망을 겪은 후에 비로소 지혜로운 사람이 될 수 있다고 보는 것입니다. 행복의 문 하나가 닫히면 분명 다른 문들이 열립니다. 그러나 자칫 잘못하면 우리는 공연히 굳게 닫힌 문들을 멍하니 바라보다가 어딘가 우리를 향해 열린 문이 있다는 것은 생각하지 못하고 찾아보지도 않고 중도에 포기하고 마는데 이것은 절대 안됩니다.

이 말은 '헬렌켈러'가 한 말입니다.

존 호머 밀스는 또한 이렇게 이야기하고 있습니다. 우리 인간의 삶이란 우리의 인생 앞에 어떤 일이 생기느냐에 따라 결정되는 것이 아니라 우리가 어떤 태도를 취하느냐에 따라 결정됩니다. 그리고 누구를 사랑한다는 것은 우리 인생과업 중에 가장 어려운 마지막 시험입니다.

다른 모든 것은 그 준비 작업에 불과하다고 마리아 릴케는 말하고 있습니다.

이야기는 우리 인생에서 조국과 국가를 사랑하고 가까운 이웃에게 배려와 사랑을 베푸는 삶이야말로 중요하다고 이야기할 수 있습니다.

여기에서 루빈시타인은 내가 만약 인생을 사랑한다면 인생 또한 사랑을 되돌려 준다는 것을 알았습니다.

끝으로 사는 일이 욕심 부린다고 뜻대로 살아지나 다양한 삶의 형태가 공존하며 다양성이 존중될 때만이 아름다운 균형을 이루고 이 땅 위에서 너와 내가 아름다운 동행인으로 함께 갈 수 있다는 것입니다. 그 쪽에 네가 있으므로 이쪽에 내가 선 자리가 한쪽으로 기울지 않는 것처럼 그래서 우리 인간은 서로가 돕고 이해하면서 참된 신뢰와 성실 속에 같이 행진해야 하겠습니다. 되돌릴 수 없는 순간들 앞에서 최선을 다하는 그 자체가 인생을 떳떳하게 하며 후회 없는 행복한 삶을 만드는 우리 인간의 참된 지혜일 것입니다.

인생은 왕복 표를 발행하지 않는다

이 말은 인생길이 한번 가면 되돌릴 수 없는 마지막 길이 된다는 것인데 다시 처음 길로 돌아올 수 없다는 것입니다. 이말은 돌아올 길이 없는 우리네 삶이란 옛날 우리들의 유년시절, 젊은 시절, 인생은 영원한 것으로 생각했고, 우리의 삶이유한적이고 언젠가는 인생의 끝을 모르고 살아왔다는 것을느끼게 됩니다.

가는 길이 있으면 돌아오는 길이 반드시 있는 것으로 알았는데 그것은 잘못 생각한 착각이었고, 우리 인생길은 한번 가면 다시 되돌아올 수 없는 그 길이 바로 우리 인생길이란 것입니다.

그래서 한번 뿐인 인생을 어떻게 살아야 될까요. 인생은 운명이 아니라 자기의 선택에 따른다고 합니다.

굳이 세속에 얽매이지 않고 자기 자신의 진실되고 꾸준한 자기의 보폭대로 제 호흡에 맞춰가라는 것입니다. 이 세상에서늦다고 재촉하는 사람, 자신 말고 누가 있었던가요? 눈치 보지 말고 욕심 부리지 말고, 천천히 꾸준히 가라는 것입니다.

인생을 사는 일이 욕심부린다고 뜻대로 살아지지 않습니다.

이 인간이 사는 세상에는 다양한 삶의 형태가 공존하며 다양성이 존중될 때만이 이 인간 세상은 아름다운 균형을 이루고이 땅에서 너와 내가 아름다운 동행인으로 함께 갈 수 있다는 것입니다. 그쪽에 네가 있으므로 이쪽에 내가 선 자리가한 쪽으로 기울지 않는 것처럼 그래서 한번 뿐인 이 인생을서로 존중하고 귀히 여기고 살아가야 하겠습니다.

그래서 우리들은 되돌릴 수 없고 왕복표가 발행되지 않는 순간들 앞에서 서로를 위하고 사회, 국가를 위해서 최선을 다하는 인생길을 가면서 떳떳하게 후회 없는 행복한 삶을 영위해 나가야 하겠습니다. 우리 인생이란, 실패할 때 끝나는 것이 아니고 포기할 때 끝나기 때문, 절대 인내하면서 포기하지 말고 실패를 도약의 발판으로 삼아 꾸준히 전진해 나가야 할 것입니다.

그래서 한 번 뿐인 인생을 어떻게 살아야 할까요?

우리는 행복의 문 하나가 닫히면 다른 문들이 열린다는 것을 알아야 합니다. 시인 롱펠로우는 잠긴 문이 한두 번 두드려 열리지 않는다고 돌아서서는 안 된다는 것입니다. 오랜 시간 인내하면서 큰소리로 두드려보라. 누군가는 분명히 문을 열어준다는 것입니다.

이 세상에서 성공한 사람들은 남다른 재주나 특별한 능력이 있어서가 아닙니다. 보통 사람에게는 없는 인내력을 가지고 있다는 것입니다.

미국의 유명한 사업가 강철왕 카네기도 인생의 승부를 가지는데 가장 중요한 것은 인내라고 했습니다.

우리 인생이 한번 뿐인 이 인생을 행복하게 살려면 기본적으로 아래 네 가지에 충실해야 한다고 말하고 있습니다.

첫째 우리 인간은 작은 일에 충실해야 하고, 둘째는 가정과 자기가 가진 종교에 충실하며 더불어 사는 이웃과 상부상조하고 충실해야 한다는 것입니다.

셋째는 상대방에게 덕담이 되고 좋은 말을 쓰는데 충실해야 한다는 것입니다.

넷째는 부자가 돼야 하는 것은 아니지만 자기가 쓸 만큼의 재물을 모아야 한다는 것입니다.

우리가 위의 4가지에 진정성을 갖고 충실한 마음으로 임한다면 한정된 우리 삶을 보람 있게 살 수 있다는 것입니다.

그래서 우리는 행복한 인생을 살기 위해서는 자기 자신만을 위해 사는 것이 아니라 같이 살아가는 이웃에 대한 진정한 배려와 봉사야말로 우리 사는 사회를 훈훈하게 하는 행복의 씨앗이 된다는 것입니다.

마지막으로 한번 뿐인 우리 인생을 사는 방법으로 삶이란, 우리의 인생 앞에 어떤 일이 생기느냐에 따라 결정되는 것이 아니라 우리가 어떤 태도를 취하느냐에 따라 결정된다는 것을 말한 존호머 밀스의 말을 인용하면서 끝을 맺겠습니다.

우리 인생이 나그네 길이라고는 하나

우리 인생은 참으로 백 년을 살다가는 것도 1,000년을 살 수 있다는 인생이 아닌 것 같습니다.

그런데도 왜 그렇게 야단들일까요?

한 푼이라도 더 가지려 몸부림 쳐본들 한치라도 더 높이 오르려 안간힘을 써서 올라본들 인생은 일장춘몽이란 말이 있습니다.

들이마신 숨마저도 다 내뱉지도 못하고 눈 감고 가는 길입니다. 인생은 순간입니다. 우리 모든 인간이 마지막에 입고 가는 수의에는 주머니도 없는데 그렇게 모두 버리고 가고 빈손으로 돌아간다는 것입니다.

그렇지만 우리 인간은 언제 이 세상을 떠날지는 몰라도 가다 보면 서로 만나 웃기고 하고 울기도 합니다. 서로가 짧은 여행길에 있지만… 우리에게 애절한 사연이 생기면 서로 나누다가 갈래 길로 돌아서며 어차피 헤어질 사람들 더 사랑해 주기도 하고 후회하는 것이 우리 인간입니다.

왜 그리 못난 자존심으로 서로를 용서하지 못하고 서로 이해하지도 못하고 비판만하고 그렇게 미워하기만 했는지⋯⋯ 짧은 나그네 길에 사랑하며 살아도 너무 짧은 시간인데 말입니다.

베풀어주고 또 줘도 남을 수 있는 것들이었는데! 웬 욕심으로 우리 인간은 혼자만 잘 살겠다고 무거운 짐만 지고 가는 고달픈 나그네 신세로 사는가?

언젠가 꼭 오고 마는 그날이 오면 영원히 갈 텐데⋯

무거운 옷도, 화려한 옷도, 명예의 옷도 자랑스럽고 고운 모습도 따뜻이 서로 위하며 살아야 하는데…

왜 그리 마음의 문만 닫아걸고 서로가 더 사랑하지 않았는지 천 년을 살면 그러할까요…?

만 년을 살면 그러할까요…?

우리 인간 서로 살아서 아끼고 사랑해도 결국은 허망의 세월 끝인 것을…

머지 않는 세월 저 언덕만 넘으면 헤어질 것을 아주 멀고 먼 곳으로…

미워하고 싸워봐야 상처 난 흔적만 훈장처럼 달고 가는 건데…

이제 살아있고 함께 있다는 것만으로도 감사하고 사랑해야 할 것입니다. 언젠가 우리는 한 사람 빠짐없이 다 떠날 나그네이지마는 말입니다.

우리 인생이 동지섣달 해 만큼이나 짧다는 것을 모르고 살아가는 사람이 너무나 많습니다.

인간은 백 년을 준비하기 위해 오늘 한 그루의 사과나무를 심을 줄만 압니다. 그러나 그것보다는 인생의 진실한 철학은 어제도 오늘같이 내일도 오늘같이 우리 인간들 서로서로 긍정적인 힘으로 서로를 돕고 밀어주며 끌어주며 짧은 나그네 길이지마는 서로 둥글게 살아가는 것이 이백 년을 살려고 준비하는 자세입니다.

즐거운 마음으로 이웃을 보듬어야 할 것입니다.

여기에서 나그네 인생길에서

우리 서로의 만남을 행복하게 펼치려면

세상을 너무 조급하게 살지 말고

넉넉한 마음으로 세상 사물을
좀 더 높게 바라볼 때에……
될 수 있는 대로 긍정적으로 바라보고
모든 것에 고마움과 행복을 느끼며 살아야겠습니다.

다음으로
세상에서 가장 어려운 일은 무엇일까요?
그것은 사람의 마음을 얻는 일이랍니다.
「생택쥐베리」가 '어린 왕자'에서 이렇게 말하고 있습니다.
즉 누구에게든 마지막 말은 하지 마세요.
친구에게든, 누구에게든 마지막 말은 하지 마세요.
사람이란 나중 일을 알 수 없는 법이라서 다시는 안 놀아,
다시는 안 볼 거야와 같은 말은 정말 마지막에만 해야 한다
고 하였습니다.
이 세상 여행을 끝내고 영원한 하늘나라로 갈 때 그때는 할
수 있습니다.

인생을 이렇게 살아봅니다

우리 인간은 이 세상에 태어나서 한 시기를 살다가 언젠가는 이 세상을 떠나야 합니다.

즉, 삶의 기간이 유한하기 때문에 우리는 최대한 진실되게 살다가 가야 하겠습니다. 여기에서 옛 중국 송나라의 학자 주신 중이 이야기한 인생 오계를 한번 생각해 보아야 하겠습니다.

첫째는 생계로서(生計) 인생을 올바르고 참되게 살아야 하겠고, 두 번째는 신계(身計)인데 이것은 질병이나 정신적 스트레스로부터 벗어나 심신이 건강하고 편안한 삶을 살아야 하겠습니다.

세 번째로는 가계(家計)인데 안락하고 행복한 가정을 꾸려 나가기 위한 노력이 필요합니다.

네 번째, 노계(老計)인데 이것은 인간이 황혼기에는 남에게 폐가 되지 않는 삶을 살고 보람 있게 귀감이 되는 삶을 살아야 한다는 것입니다.

다섯 번째는 사계(死計)로서 우리는 인생의 마지막을 아주 평화스럽고 행복한 마음으로 인생을 마감해야 한다는 것입니다.

그 다음에는 유명한 사업가 빌 게이츠가 말한 뜨끔한 우리 인생의 명언을 조용히 가슴속 깊이 생각해 볼 필요가 있습니다. 인생이란 결코 공평하지 않기에 이러한 사실에 익숙해져야 한다는 것입니다.

즉 태어나서 가난한 건 당신의 잘못이 아니지만 죽을 때도 가난한 것은 당신의 잘못이라는 것입니다. 인간은 실수는 누구나 한번쯤 아니면 여러 번 할 수 있습니다.

그러나 같은 실수를 반복하면 그건 못난 사람이라는 것입니다.

우리 인생은 등산하는 것과도 같다고 볼 수 있습니다. 정상에 올라서야만 산 아래 아름다운 풍경이 보이듯 우리 인간도 자기의 목표를 위한 피눈물 나는 노력 없이는 자기가 원하는 정상에 이를 수 없다는 것입니다. 때로는 우리 인생에서 노력해도 안 되는 게 있다지만 노력조차 안 해보고 정상에 오를 수 없다고 말하는 사람은 폐인입니다.

가는 말을 곱게 했다고 오는 말도 곱기를 바라지 말라는 것이고, 다른 사람이 나를 이해해 주기를 바라지도 말라는 것입니다.

항상 나 자신이 먼저 다가가고 먼저 배려하고 먼저 이해하라는 것입니다. 주는 만큼 받아야 한다는 생각을 하지 말 것이며, 남을 위해 하고 끊임없이 배려하는 나무가 되라는 것입니다.

시작도 하기 전에 결과를 생각하지 말고 다른 사람이 나를 어떻게 보는지 생각하지 말고 더더욱 다른 사람을 함부로 자기 잣대로 평가하지 말라는 것입니다.

눈에는 눈, 이에는 이, 갚을 땐 갚고, 받을 땐 받으라는 것입니다. 모든 인간사 일을 내가 아니면 할 수 없고 안 된다는 생각을 버리고 나 없인 못 산다는 생각도 버리라는 것입니다. 나라는 인간이 세상에서 사라져도 이 세상은 잘 돌아갑니다.

우리 인생이 어려울 때일수록 빌 게이츠 말을 다시 한번 가슴에 새겨봅니다.

이상으로 이야기한 것을 종합해 느끼게 되는 것은 우리 인생은 여러 다양성 있는 사람이 살다 보면 서로를 이해하고 보듬어줘야 일이 생깁니다.

우리는 남을 인정하고 그 사람의 마음을 얻는 일이 이 세상에서 무엇보다도 어려운 일인데도 생택쥐베리가 '어린 왕자'에서 아래와 같은 이야기한 것을 한번 조용히 생각해 봅니다. 누구에게든 마지막이라는 말은 함부로 하지 말라는 것입니다.

친한 친구에게든, 누구에게든 마지막 말은 함부로 하지 말라는 것입니다.

인간이란 나중 일을 알 수 없는 법이라서 다시는 너와 안 놀아, 다시는 안 볼 거야, 같은 말은 하지 말고, 정말로 꼭 해야 할 말은 마지막에만 꼭 한번 해야 한다는 것입니다.

결과적으로 우리 인생을 사는 사람들은 항시 자중하고 침착하고 신뢰성 있게 살아있는 한 참다운 인간관계를 가지도록 노력해야 되겠습니다.

홍콩의 이가성 CEO

서정덕 목사님께서 보내주신 글을 옮겨봅니다. 이가성 부호는 아시아의 최고 갑부로 재산이 약 30조원이나 되는데 아주 어렵게 생활한 세탁소 점원으로 시작해서 엄청난 부를 이루었다는 게 첫 번째 배울 점이고, 지금도 5만원 이하의 구두와 10만원 이하의 양복을 입고, 비행기는 꼭 이코노미를 타면서 매사에 검소하다는 게 두 번째 배울 점이며, 그 절약한 돈으로 아시아에서 제일 기부를 많이 한다는 게 세 번째 배울 점이라고 합니다.

그것도 회사 명의의 재산이 아닌 본인의 재산을 팔아서 한다는 것입니다. 매년 장학금으로 3,000억 원을 기부하는 것으로 알려져 있습니다.

여기서 이가성 회장의 운전수에 대한 이야기입니다.

홍콩의 화교계 최고 갑부인 이가성 회장의 운전기사는 30여 년간 그의 차를 몰다가 마침내 떠날 때가 되었습니다. 이가성 회장은 운전기사의 노고를 위로하고 노년을 편히 보내기 위해 200만 위엔(3억6천만 원) 수표를 건넸습니다. 그랬더니 운전기사는 필요 없다고 사양하며 "저도 이천만 위엔(36억) 정도는 모아놓았습니다." 라고 하더랍니다.

이가성 회장은 기이하게 여겨 물었습니다. 월급이 5~6천 위안(100만원) 밖에 안 되는데 어떻게 그렇게 큰 액수의 돈을 저축해 놓았지? 운전기사는 말하기를 제가 차를 몰 때 회장님이 뒷좌석에서 전화하시는 것을 듣고 땅 사실 때마다 저도 조금씩 사 놓았고요, 주식을 살 때 저도 따라서 약간씩 구입

해 놓아 지금까지 이천만 위엔(36억) 이상에 이르고 있어요.
여기에서 중요한 교훈은 우리 사람이라는 것은 누구를 만났
느냐가 어쩌면 한 사람의 인생을 좌우할 수 있다는 것입니다.
특히 이가성 회장은 일곱 종류의 사람과는 사귀지 말라고 했
습니다.

칠불교(七不交)

첫째, 불효하는 삶과 사귀지 말라.
둘째, 사람에게 각박하게 구는 사람과 사귀지 말라.
셋째, 시시콜콜 따지는 사람과 사귀지 말라.
넷째, 속담에 받기만 하고 주지 않는 것은 예의가 아니다 했
습니다.
다섯째, 아부를 잘 하는 사람과 사귀지 말라.
여섯째, 권력자 앞에 원칙 없이 구는 자와 사귀지 말라.
일곱째, 동정심이 없는 사람과 사귀지 마라고 했습니다.
또 다음에는 아래 여섯 종류의 사람과는 동업하지 말라 했습
니다.

즉 육불합(六不合)인데요.
첫째, 개인적 욕심이 너무 강한 사람과는 동업하지 말라.
둘째, 사명감이 없는 사람과는 동업하지 말라.
셋째, 인간미 없는 사람과 동업하지 말라.
(그런 사람과는 함께 있어도 즐겁지 않다)
넷째, 네거티브 한 사람과는 동업하지 말라.
(그런 사람은 당신의 파지티브 한 에너지 즉, 긍정의 힘을 소
모시킨다고 했습니다.)

다섯째, 인생의 원칙이 없는 사람과 동업하지 말라.
(그런 사람은 이익을 취하는 것만이 인생의 원칙이다. 다시 말해 손해 보는 일은 절대 하지 않는다.)
여섯째, 감사할 줄 모르는 사람과는 동업하지 말라.
(은혜를 모르는 사람은 반드시 배신한다.)

우리는 이가성 회장의 이야기를 통해서 한번 뿐인 우리 인생을 어떻게 살아야 할 것인가를 참된 인간의 파지티브 하고 소통하고 서로가 인정하는 믿음 속에서 우리의 회사, 우리의 인간관계가 원만하게 이루어질 때 비로소 인생은 한 단계 업그레이드할 수 있는 것을 강하게 느껴봅니다.

죽어서 영원히 사는 사람들

살아서 이룩한 재물, 피땀으로 모은 재산을 자기보다는 더 어려운 이웃, 사회를 위해 내 놓을 줄 아는 사람은 그들이 짧은 인생을 마감하지마는 죽어서 영원히 사는 사람들이라고 길이 칭송해야 될 것 같다.

미국의 사상가 에리히 프롬은 그의 소유냐, 참된 삶이냐를 재산이나 높은 지위나 명예 등을 많이 소유하는 것보다는 사회에 기여하고 봉사하는 베풂에 더 비중을 두었고, 그럴 때 역사와 인생사에 남는 성공적인 삶을 살았다고 할 수 있다고 했다.

88세의 김용철 옹은 국방부에 나라 사수금으로 90억 원을 희사했고, 85세의 김두림 옹은 제주대에 교육자금으로 300억 원을 희사했다. 그리고 82세 박만춘 아버지와 80세 한계옥 어머니는 전투기 조종사로 순직한(공사 29기) 아들 유족 연금을 28년을 모아 1억 원을 공군본부에 기증하면서 순직한 조종사 유자녀의 장학금으로 내 놓았다. 정말 이런 사람들이야 말로 진정 애국자이다.

돈 푼 있다고 거덜먹거리며 남을 우습게 보고 자기만의 허무한 오만에 춤을 추는 사람들, 해외 골프, 원정 도박을 하는 사람들이 겉으로는 애국자인양 허세를 떠는데 정말 다시 한번 깊이 반성하고 어려운 이웃을 돕고 사회봉사자로 돌아오기를 바라고, 부디 죽어서도 영원히 사는 길로 택하심 있기를 간절히 바란다.

유한양행 회장 유일한 박사도 그의 모든 재산을 사회에 기증하고 세상을 떠나셨다. 그것이 꺼지지 않는 영원한 횃불이 되어 이 조국의 산하에 끈끈한 생명 줄이 되어 이 사회의 어려운 사람들에게 영원한 빛이 되고 있다.

또 외국의 예 한가지 들어보고자 한다. 경비원 출신인 미국 노인. 평소에는 낡은 옷차림에 동전 한 푼도 아꼈던 사람인데 이 노인은 600만 달러(약 65억 원)를 지역 병원과 도서관에 기부하고 세상을 떠났다. 지난해(2014년) 6월 美 머몬드 주에서 92세로 사망한 도널드 리드의 유산 중 600만 달러가 그의 유언에 따라 지난주 머몬드 주 블래특버러 기념병원과 브룩스 기념도서관에 전달했다고 CNN방송 등이 전했다.
찍어진 카키색 겉옷을 옷핀으로 고정해 입고 다녀 리드를 가난한 사람이라 여겼던 지역주민들은 그의 마지막 선행에 놀라움을 감추지 못했다고 한다.
그는 또 동전을 아끼려고 주차료를 내지 않는 먼 곳에 소형차를 대기시켰다고 한다. 또 남는 시간에는 집 장작 난로에 넣기 위해 땅에 떨어진 나뭇가지를 줍고 다녔다고 한다. 그가 평생 벌어 기부한 돈 중 80%는 병원에 벤처에, 20%는 도서관에 기증했다고 한다. 심지어 자녀들도 그가 이런 거액을 보유한 사실을 알지 못했다고 USA투데이는 전하고 있다.
특히 요사이 같이 도덕이 무너지고 이기주의가 팽배한 사회에서 그래도 살아서 영원히 사는 것을 한번 가슴에 손을 얹고 생각해 볼 일이고 적은 것이라도 나보다 더 어려운 사람들을 위한 선행이 국가발전의 원동력이 된다는 것을 느껴야 할 것이다.

유일한 박사의 유언장을 보면서

우리가 사는 이 인생의 삶이라는 것은 영원한 것이 아니고 유한하다. 대부분의 사람들은 늙지도 죽지도 않을 것 같은 착각 속에 안주하고 있는 듯한데 인생 70고개를 넘어서면 늙음이나 죽음이 그리 멀지 않음을 느끼게 된다.

그러나 우리는 누구에게 화를 내거나 누군가를 미워하면 자신이 먼저 망가진다는 것을 자각하면서도 화를 내거나 미워하는 어리석음을 범하고 있음을 알고 있다.

또한 이것은 아닌데… 이러면 안 되는데…를 되풀이 하면서도 내일로 내일로 미루면서 살아가다가 바로잡아 정리할 겨를도 없이 어느 날 돌연히 무수한 인간사 미해결인 일을 남긴 채 돌연히 죽음을 맞이할 수도 있다는 것을 알고 있다.

그래서 우리 인간은 주어진 짧은 시간을 힘껏 살고 부여된 시간의 한 점 한 점을 핏방울처럼 진하게 영양분 있게 살아야 한다.

우리 인생의 길은 일생을 통하여 끊임없이 산을 오르는 것처럼 힘들고 어려워도 참고 인내하면서 살아가야 할 것이다. 사람이 이 세상에 태어나서 대개 성공하는 사람들을 보면 남다른 재주나 특별한 능력이 있어서가 아니고 보통사람들한테는 없는 뛰어난 인내력이 있음을 알 수 있고 절대로 포기하지 않는 백절불굴의 강한 의지는 소유자라고 볼 수 있다.

특히 우리 인간은 말년에 황혼기를 맞이하는데 이 세상에서 후손들에게 무엇을 남기고 갈지 깊은 생각을 해 보아야 할 것이다.

여기서 인간 유한양행 회장 유일한 박사의 유언장을 심도 있게 살펴본다.

1971년 3월 한 기업의 설립자가 세상을 떠났습니다. 그리고 공개된 유언장에는…

기업을 설립하여 큰 부를 축적한 그였기에 사람들의 관심은 자연스럽게 유언장으로 쏠렸습니다. 유언은 편지지 한 장에 또박또박 큰글씨로 적혀 있었습니다.

손녀에게는 대학 졸업까지 학자금 1만 달러를 준다. 딸에게는 학교 안에 있는 묘소와 주변 땅 5,000평을 물려준다. 그 땅을 동산으로 꾸미고 결코 울타리를 만들지 말고 중·고교학생들이 마음대로 드나들게 하여 그 어린 학생들이 티없이 맑은 정신에 깃든 젊은 의지를 지하에서나마 더불어 느끼게 해달라. 내 소유 주식은 전부 사회에 기증한다. 아내는 딸이 그 노후를 잘 돌보아주기 바란다. 아들은 대학까지 졸업시켰으니 앞으로는 자립해서 살아가거라.

그는 바로 일제강점기에 건강한 국민만이 잃어버린 나라를 되찾을 수 있다며 제약회사를 설립한 유일한 박사이기 때문입니다.

그의 숭고한 뜻을 가슴 깊이 새기며 살아왔던 딸 유재라 씨도 지난 1991년 세상을 떠나면서 힘들게 모아두었던 전 재산을 사회를 위해 쓰도록 기증하였습니다.

여기에서 유일한 박사의 유언장을 보면서 오늘을 살아가는 대한민국 국민으로서 분명 어떻게 살아가는 것이 조국과 사회, 가정에 이바지하는 것이 되는지 두 손을 가슴에 얹고 자기 자신의 심정을 가다듬는 기회가 되어야 하겠다.

나는 이 세상 마지막 가는 날 무엇을 남기고 가야 할까?

인품의 향기를 남기고 가자

우리 인생이라는 것이 시간의 차이는 있지마는 언젠가는 마지막 가는 죽음의 길은 어떤 누구라도 피할 수 없다.
유한한 인생에서 사람이 죽고 나면 남은 세상 사람들은 아주 냉정하게 그 사람의 살아있을 때의 행실을 평가한다. 그래서 있을 때의 한걸음 한걸음은 조심해서 디뎌야 한다.
사람은 가더라도 마지막 훈훈한 인격의 향기는 골고루 남기고 가야 한다.

인품의 향기는 만리를 가고,
꽃의 향기는 십 리를 가고,
말의 향기는 백리를 간다고 한다.
위에서 인품의 향기가 가장 멀리 간다.
그래서 살아있을 때의 그 사람의
행동 하나하나는 도덕적이어야 하고,
인격적으로 살기 위해 최대의 노력을 할 때
인간은 마지막 훈훈한 향기를 남기고 간다 하겠다.
또한 인간이 살아 있을 때 남을 위해 봉사하고 베풂의 향기는 천리를 간다 한다. 인간이 자기만 생각하는 극도의 이기주의적 발상은 남과 더불어 살아야 하는 참된 인생의 열정에 반하는 행위라고 하겠다. 사람인 우리가 서로서로 상부상조하는 사회에서 진정 사람답게 사람 냄새가 나는 생활을 할 수 있도록 심혈을 기울여야 하겠다.
진실된 삶을 살고자 노력한 사람은 죽은 후에도 그 향기는 남아서 인간에게 따뜻함을 더해 줄 것이다.

우리는 이 인생을 살아가면서 평소에 남을 대할 때 한마디 말에도 빗질을 하고 기름을 발라

아름다운 말을 함으로써 그 향기가 백리, 천리를 가도록 노력해야 할 것이다.

우리 인간은 거창한 일을 생각하지 말고 적은 일이라도 예의를 갖추고 신경을 쓰면 인생의 향기를 말할 수 있다. 즉, 우리가 다른 사람을 처음 만날 때 상대방에게 첫인상이 맑고 아름답게 보이게 노력하고, 그리고 단정한 용모와 올바른 태도는 상대방에게 좋은 기억으로 그 향기는 오래 갈 것이다.

우리가 말 한마디를 하더라도 나의 인격과 도덕적인 품위가 그 속에 있다고 생각하고 신경을 가한다면 이는 상대방에게는 아름다운 작은 배려지만은 인간의 향기는 오래도록 길게 갈 것이다. 말은 나오는 대로 불쑥불쑥 하지 말고 말을 하기 전에 몇 초라도 생각을 해서 상대방에게 듣기 좋은 말을 하면은 우리 사회는 한층 밝고 명랑한 사회가 되며 참된 향기가 우리 모두를 감싸는 환경이 될 것이다.

우리 인간은 살아 있을 때 인품의 향기를 위해 어떻게 해야 할까 몇 자 적어 본다. 자기에게 부여된 시간을 낭비하지 말고 자기자신에게 항시 진실해야 남에게 진실을 베풀 수 있고, 자신을 사랑해야 남도 사랑할 수 있고 항시 목표에 대한 비전(Vision)을 가지고 자기가 속해 있는 상사, 동료, 부하를 존경하는 마음을 가지고 그들이 이야기할 때 주의 깊게 들어야 할 것이다. 그 속에서 우리의 향기는 살아나고 참된 영혼을 꽃 피울 것이다.

소통은 인간 모두의 활력소다

옛 군주국가나 독재국가에서는 군주나 독재자의 일방적인 지배로 국민들과의 소통 없이 자의적으로 국가를 통솔해 나갈 수 있었고 여기에 어떤 반대나 불복종은 있을 수 없는 사회라 하겠다. 이제 오늘날 21세기 사회에서는 소통이 민주주의에 꼭 필요한 보편적 가치가 되고 있다.

소통이 없는 사회는 민주주의 사회의 국민들은 무슨 일을 하면서도 무언가 찜찜하고 불안과 초조를 느낀다. 소통 없는 사회는 정말 편협된 사회요, 앞뒤가 꽉 막힌 사람의 사회활동을 함에 있어서 사람들은 희망적이고 행복을 다같이 찾아가는 참된 사회라고 할 수 없는 것이다. 오늘날 민주사회에서는 국민이 원하는 바가 무엇인지 냉철히 파악하여 다같이 국민과의 토론, 소통을 통해 그들이 무엇을 원하고 있는지 냉정히 관찰하여야 할 것이다. 거기서 객관화된 보편 타당성을 찾아야 할 것이다.

프랭클린 루즈벨트 미국 대통령은 소통을 민주국가의 혈류(血流)에 비유했다. 이와 같은 소통은 중요하고 민주국가에 있어서는 민주주의를 지탱하는 혈류와 같다는 것이다. 건강한 혈류가 원활하게 작동하지 않는 사회는 정체되고 썩고 부패할 수 있다는 것이다.

그러면 왜 소통이 꼭 이루어져야 하는 것일까요?

우리 사회는 서로 생각이 다른 사람들이 살고 있다. 서로의 의견을 듣고 존중하고 화합하고 조화하기 위해서는 서로 다른 의견을 충분히 서로 교환하고 소통이 있은 후에 비로소 우리 공동체 사회에서 공통점을 찾아 훌륭한 결말을 이룰 수 있다는 것이다.

여기에서 우리 민주주의국가 사회는 한층 더 복된 사회를 이룰 수 있으며 참된 민주복지국가에서 국민들은 행복한 삶을 살 수 있는 것이다.

한 국가가 정치, 사회, 문화, 경제 등 모든 면에서 대통령과 각 부장관, 대통령과 국회의원, 대통령과 말단 서민들, 거리의 노숙자, 경제인들과 정부 등등 이에 소통이 없이는 보다 나은 우리 국민의 복지국가는 이루어질 수 없으며, 우리 서민들의 행복도 어디에서도 찾을 수 없다고 하겠다.

특히 오늘날의 국가간의 관계가 다원화되고 복잡하게 이루어지고 있기 때문에 국가간의 문제점에 있어서도 서로가 우호적인 입장에서 서로의 국가 입장을 충분히 개진하고 협의하고 진심 어린 소통이 있어야 국가간의 서로 다른 점을 이해하고 양국에 필요한 이익이 되는 최대공약수를 찾아야 한다. 이에 국가의 발전도 가져오며 국민과 외국인과의 진정한 소통이야말로 참 자기 조국을 외국에 알릴 수 있는 좋은 기회가 될 것으로 생각된다.

우리 한국의 의료계의 밥그릇 싸움으로 환자는 방향을 못 잡고 있는데 의사와 한의사는 특이한 구조도 국민이 참가하는 토론회를 열어 서로의 소통으로 진정한 해결책을 찾아야 할 것이다. 또 서울시교육감은 일방적으로 유효수치를 정하지 말고 관계 학부형, 교육관계자들과 소통을 이루어 결론을 찾아야 할 것이다.

지금 어린이집 평가인증제도에 학부형이 참가하는 그런 소통의 기회를 주는 것도 한 방편이라고 생각된다.

어떻게 살다가 이 인생을 떠날까?

이제 그렇게 길지 않은 남은 황혼의 세월에서 어떻게 살다 갈까 하는 생각을 하게 된다. 그래도 걸음걸음 한걸음도 주의하여 걷고 첫 단추를 잘못 끼우면 마지막 단추를 끼울 구멍이 없다. 이 말은 우리의 생활이 많이 흘러 황혼에 와 있으나 남은 일의 각 부문에 임할 때 한번 더 생각하고 정신을 강건히 가져 하나하나 부딪히는 일이 적게 보여 하잘 데 없는 같아도 세심한 신경을 집중해서 완전하고 좋은 결과를 가져와야 한다는 것이다.

나이에 불문하고 우리 인간은 살아 있는 동안에 내가 존재하는 목표가 분명해야 한다. 인생살이에 목표가 없다면 망망대해에 나침반 없이 항해하는 배와 같다.
우리는 목표가 있어 정열을 나이에 관계없이 불태울 수 있는 것이다. 열정의 용솟음치는 한없는 꿈을 갖게 하기 때문이다.
김양일이라는 작가가 쓴 수필에서 1982년 미국 캘리포니아의 석유 재벌 햇릭스 제페렛 부부가 권총 자살을 해서 충격을 준 일이 있다. 그들이 남긴 유서의 끝부분에 더 이상 꿈이 없다고 라고 적혀 있다.
그들은 돈을 버는 게 꿈이요, 이상이요, 목표였는데 막상 돈을 벌만큼 벌고 보니 인생살이가 허망하고 할 일이 없어서 살고 싶은 의욕을 잃고 결국 죽음을 택한 것이다.
위의 사실은 인간의 최고 행복을 돈, 물질에 두었다는 건데 성공에 대한 가치관을 물질에 두어서야 되겠나 하는 생각이 든다. 이와 더불어 성공에 대한 가치관이 분명해야 한다고 본다. 미국의 저명한 사상가 에리히 프름은 그의 「소유냐 삶이냐」라는 책에서 성공이라는 것을 두 가지 측면에서 설명한다. 하나는 소유가 충족된다니 즉 재산이나 높은 지위나 명예 등 좋은 것을 많이 소유할 때이고, 다른 하나는 소유는 못해도 기여나 창로 봉사의 욕구가 충족될 때 이것을 성공한 사람이라 할 수 있을 것 같다.

한 평생을 통하여 크게 출세 못하고 또 크게 돈을 벌지 못해도 자기 사는 동네에 어려움이 생기면 앞장서서 봉사하고 남을 불쌍히 여기고 있는 힘을 다해 희생 봉사하는 사람들, 이러한 사람들이 있기에 조국은 발전하고 대한민국은 행복하다고 느낄 수가 있을 것이다.

여기에서 아무런 대가도 받지 않고 무료로 각 지역에서 어려운 일이 벌어질 때마다 봉사하고 있는 우리 조국 대한민국의 전국 곳곳에서 희생 봉사하는 남녀 새마을지도자를 진정 추천하고 싶다.

이와 같이 인생의 참 성공은 소유에 있는 게 아니고 베풂과 기여, 남을 위하는 희생 봉사에 있는 것이다. 모든 잘못은 남을 욕하지 말고 우선 내 탓이라는 마음을 가질 때 인간 사회는 한층 따뜻해지고 황혼의 아름다움도 그 속에 베어 있다 하겠다.

때로는 인간의 황혼기에 이유 없는 분노와 불만이 우리 인간을 괴롭힐 때가 있지만 이런 때일수록 다시 한번 자신을 자제하고 겸손으로 일하면서 내가 사는 이 조국에 따뜻한 사랑 한 자락 꼭 남기고 가야 할 것이다.

우물쭈물하다 내 이럴 줄 알았다

어느 날 신문을 읽다가 중앙일보 논설위원 정진홍의 소프트 파워에서 위의 제목을 인용해서 글을 써 보기로 했다. 필자는 이 제목을 접하면서 정말 인생을 그렇게 살아왔고, 이렇게 살아왔는데 사실 이렇게 사는 것이 아닌데 하는 강한 거부감을 갖게 되는 것은 지난날의 생활이 그렇지 못했다는 자괴감을 스스로 느끼는 경우라고 하겠다.

다국적 기업 바틱창업자인 대니얼 클레멘스는(예일대 입학 사정관) 인간이란 다방면에 재주가 있는 팔방미인보다는 어느 한쪽에 골몰하는 천재를 더 선호한다며 국제대회나 행사에서 수상한 경력은 대학 지원자의 글로벌 마인드를 증명할 수 있는 좋은 재료라고 귀띔했다. 이와 같이 인간은 일생을 통하여 한 가지 전문 분야에 심신을 다 바쳐 국가사회, 지역사회에 공헌하고 이바지하는 삶을 평생 사는 것을 보면 정말 부러운 마음이 드는 때가 한두 번이 아니다.

영국의 극작가 조지 버나드 쇼(1856~1950)의 묘비에 새겨진 말은 우리의 통념을 여지없이 깨고 있는데

"우물쭈물하다가 내 이럴 줄 알았다"

어떠한 경우라도 이 세상에 존재하는 사람들이 사실 자기 묘비에 위의 말처럼 새겨놓기란 쉬운 일이 아닐 것이다. 확실히 버나드 쇼가 솔직하게 묘비명에 그렇게 썼다는 것은 보통 일이 아닌 것 같다.

정진홍 논설위원은 일본 사무라이들의 고전이라 할 수 있는 '오륜서'의 저자 미야모토 무사시는 진검 승부에 임하는 첫 번째 자세를 '머뭇거리지 말라'는 한마디로 압축하고 있다.

칼 맞은 후에 자세를 가다듬어 봐야 소용이 없다는 것이다. 뒤늦게 상대의 마음을 꿰뚫어 몸 사리지 않고 강력한 공격을 해 본들 이미 늦었다는 것이다.
우리 인간은 일생을 통하여 한 가지 마음을 확고히 정하지 못하고 피할 수 없는 이 세상의 바람에 전신을 다 바쳐 도전하지 못하고 쉬이 진로를 자주 바꾸거나 주저하는 경우가 있는데 이는 삶을 살아가는데 적극적이고 긍정적인 자세가 아닌 것 같다.

한 가지 예를 든다면 우리는 중국에 대한 오래된 선입견이 있는데 만만디라고 한다. 이것은 천천히라는 뜻이다.
그런데 요즈음 중국은 콰이텐얼이라 해서 너무 머뭇거리지 말고 좀더 빨리라는 용어를 외치고 있다는 것이다. 삶의 태도를 머뭇거리지는 않는다는 것이다. 다시 말하면 북핵 문제건 역사 문제이건 영토 문제이건, 무역 문제이건, 절대 서두르지는 않지만 그렇다고 절대로 우물쭈물 머뭇거리지는 않는다는 것이다.
필자가 평소 알고 지내는 안산시청 국장 출신의 임종호 수필가는 아래와 같이 말했다.
대부분의 사람들은 늙지도 죽지도 않을 것 같은 착각 속에서 안주하고 있는 듯한데 우리 인생의 늙음이나 죽음이 그리 멀지 않음을 나는 알게 되었다고 말하는 것을 들었다.

정말 인생의 시간 경과를 잘 표현한 내용 같고 인생은 영원하지도 않고 계속 빨리 지나간다는 뜻일 게다. 우리에게 주어진 시간을 촌음인들 우물쭈물 보낼 수 없다는 것일 게다. 필자는 한 우물을 파는 괴짜 노교수에 대하여 이야기해 본다.

양영유 씨는 '노트북을 열며'에서 믿기지 않는 일이라고 하면서 21년째 연구실에서 숙식하며 제자 양성과 연구에만 '올인'하는 교수가 있다니 가족과 함께하는 시간이래야 일요일 아침부터 월요일 아침까지 전부라고 한다.

환갑을 넘긴 나이인데도 다섯 과목을 강의하고 매일 밤 1시까지 연구하며 잠은 소파에서 그냥 자고 먹는 식사시간을 아끼려 아내가 싸준 일주일 치 도시락을 데워먹는다고 한다.

그는 출퇴근시간이 따로 없고 항시 연구한다는 것이다. 그의 열정, 집념, 소신은 정말 오늘날 같이 복잡다난하고 상생의 갈등이 판치는 세파에 귀감으로 삼을만하다고 할 수 있겠다. 우리 모두 가슴에 손을 얹고 지금 가고 있는 위치와 속도를 잘 가다듬고 다시 한번 인생의 속도를 조절해 보아야 할 것이다.

이 인생에 한번 주어진 시간에 진실로 우물쭈물 머뭇거릴 시간은 없다는 것을 생각해 본다.

조국에 감동을 주는 시인, 간호사, 광부 이야기

옛날 중국 남송이라는 나라의 육유(陸游)라는 사람은 애국시인으로 당대에 이름을 떨치던 시인이었습니다. 그가 쓴 여러 종류의 시속에서 금나라에 치여 남쪽으로 쫓겨간 왕조에 대한 충성심이 강하게 베어납니다. 절대로 항복할 수 없다고 항전을 주장하던 그는 42세 되던 1166년 모든 관직에서 박탈당하고 쫓겨나게 됩니다.

타협을 주장하던 남송 조정 내에서 주화파에 의해서 쫓겨나게 된다는 것입니다. 정말 이렇게 되고 보니 애국시인 육유의 심정은 어떠하였겠습니까? 답답한 심정과 괴로움을 잊기 위해서는 그는 고향 근처 이곳 저곳을 방랑하면서 시작(詩作)에 온 마음을 몰두합니다.

어느 날 육유 시인은 자기집에서 멀리 떨어진 산으로 지팡이를 짚고 가벼운 옷차림으로 올랐습니다. 어느덧 산행의 재미에 깊게 빠져 들었던 그는 가파른 산등성이를 기어오르게 됩니다. 이윽고 산을 계속 올라 마지막 당도한 곳은 길이 없어져 더는 앞으로 나갈 수 없는 막다른 곳이었습니다.

대부분의 사람들은 이런 경우에 이제는 희망이 없다. 다른 길이 없다고 느끼고 모든 것을 포기하고 아무 결과도 얻지 않고 되돌아가고 말지요.

그러나 애국시인 육유는 '유산서촌(遊山西村)'이라는 제목의 시에서 도저히 움직일 수 없고 발 한걸음 옮기기 조차 어려운 절벽(곳)에서 아래와 같은 시를 읊었습니다.

"산이 다하고 물길이 끊어진 곳에 길이 없는가 했더니
버드나무 어두운 곳, 밝게 피어 있는 꽃 너머로
또 마을 하나 있었다."

이 시의 대목은 중국에서 아주 많은 사람에 의해 애창되는
시구입니다. 보통 버드나무 어두운 곳, 밝게 피어있는 꽃(柳
暗花明)이라는 성어로, 혹은 "또 마을 하나"(又一村)라는 명
구로 사람들의 입에 오르내리고 있습니다. 시를 풀어 헤쳐서
뜯어보면 사람이 더 나갈 수 없는 막다른 곳에 대한 묘사가
아주 빼어납니다.
산이 다하고(窮), 물길도 끊어진(盡)데서 느끼는 처절함 막
막함이 잘 나타나고 있습니다. 길이 없는가 의심하다가 눈을
돌렸더니 마주친 곳은 버드나무 우거진 어두운 그늘이었습
니다. 시인의 시선은 다시 그 그늘을 떠나 화사하게 피어난
꽃 무더기로 옮겨지게 됩니다. 마지막으로 시선이 닿는 곳은
꽃 무더기 너머의 마을이었습니다.
분명히 이제는 어려움에서 희망의 마을을 발견하게 되고 거
기에 따른 적잖은 기쁨을 비로소 찾아서 누리게 된다는 것입
니다.

위 글은 중앙일보 국제부문 차장인 유광종씨의 글을 많이 인
용하였습니다. 정말 위의 글에서 애국시인 육유는 인간이란
이 세상을 살아가다 보면은 다른 사람은 다 무난하게 하늘의
축복을 받아 일이 잘 풀려 나가는데 나는 왜 일이 잘 풀리지
않는가 하고 한탄하는 사람이 많이 있습니다. 이 때에 육유
시인은 인간이 어려움에 처했을 때 다시 한번 정신을 가다듬

고 희망을 가진다면 어려운 중에서도 분명 반드시 희망의 등 불은 있다는 위대한 교훈을 인간에게 던져주고 있습니다.

이제는 60년대 초 우리 조국이 경제적으로 어려움에 처해 있을 때 그 어떠한 방법으로 헤쳐 나가는지 그 실례를 통하여 인생에 감동을 주는 눈물 어린 이야기를 해보겠습니다.

첫째는 어려웠던 시절 60년대 초 한국, 우리나라 사람들에 관한 이야기입니다. 당시 우리나라는 찌들게 가난하고 보리 고개로 연명해야 하는 어려운 처지, 자원도 없고 돈도 없는 이 무수한 인류, 나라가 있는 중에서도 가장 못사는 나라였습니다. 유엔 등록국가 120여 개국 중 필리핀은 국민소득 170여 달러, 태국은 220달러였지만 한국은 겨우 76달러였습니다. 세계 120여 개 나라 중에 인도 다음으로 못 사는 나라가 바로 우리나라였습니다. 이런 어려운 환경에 박정희 대통령 시절 60년대 초 지푸라기라도 잡고 싶은 심정에 우리와 같이 분단되어 공산당과 대치하고 있는 서독에서 1억4천만 마르크를 빌리는데 성공했고, 국가경제발전에 큰 몫을 했습니다. 이 돈은 서독에 간호사와 광부들을 보내고 그들의 봉급을 담보로 빌린 것이라고 한국 로타리 3640총재인 김유복 씨는 말하고 있습니다.

당시 국가의 어려운 경제에 실망하지 않고 국익에 도움을 주고자 이국 땅 서독에 파견된 광부와 간호사들의 큰 결심을 정말 잊어서는 안됩니다. 그 당시 고졸 출신 파독 광부 500명을 모집하는데 무려 4만6천명이 응시했습니다. 응시한 사람 중에는 정규대학을 나온 학사출신도 많았습니다. 낯선 땅 서독에 도착한 간호사들은 시골병원에 뿔뿔이 흩어져 말도 통하지 않는 여자간호사들에게 처음 맡겨진 일은 죽은 사람의 시신을 닦는 일이었다고 합니다. 어린 간호사들은 이국 땅에서 설움과 눈물을 가슴속 깊이 참고 굳은 시체를 이리저리 굴리며 하루 종일 고단함도 잊고 닦고 또 닦았습니다.

한편 남자 광부들은 지하 1천 미터 이상의 깊은 땅속에서 뜨거운 지열을 받으며 하루 8시간 일하는 서독사람들과 달리 열 몇 시간을 깊은 지하에서 석탄 캐는 일을 했습니다. 그 당시 서독방송과 신문들은 어려움을 참고 불굴의 투지로 일하는 모습을 보면서 분명 가난을 벗어날 수 있는 위대한 민족이라고 찬사를 보냈습니다. 그 후 서독을 방문한 박정희 대통령, 육영수 여사, 서독의 뤼브케 대통령은 이들의 손을 잡아주며 격려하면서 같이 모두 울었다고 합니다. 조국 근대화의 점화는 서독에 파견된 간호사들과 광부들이 그 열정의 횃불을 당겼습니다.

이는 박정희 대통령이 조국의 경제발전에 지대한 관심을 가졌는가를 보여주고 있으며 오늘의 젊은 세대들은 이 눈물 나는 교훈을 가슴 깊이 새기고 오늘의 편안해진 삶은 지난 세대들의 피와 땀, 눈물의 결정체였다는 것을 잊어서는 안될 것입니다. 이를 교훈으로 삼는 겸손의 미덕과 그 자세가 지극히 절실히 요망되는 시기라 하겠습니다.

추풍령고개 너머 동남촌으로 가는 길

지금 이 나이에 와서 고향 경북 김천 아포 동남촌을 생각하면 참으로 고향에 대해 느끼는 마음이 애틋하게 여겨지는 이유가 무엇일까? 태어나서 초등학교, 중고등학교, 대학교를 다니고서야 떠난 고향이니, 고향에서 많은 시간을 보내다가 26세에 고향을 떠나 육군 소위 계급장 달고 그 당시 서울특별시 중구 필동의 수도경비사령부에 소대장 보직을 받으면서 타향살이가 시작되었다. 부모님이 계실 때에는 타향살이하면서도 거의 매주 부모님 만나 뵈오러 갔으나 혈육의 형제조차 고향마을에 살지 않는 지금 이제는 갈 수 없는 고향, 더한층 마음속의 고향으로 남아 있다. 그래도 마음만은 고향에 대한 절절한 애정을 가지고 있다.

언제가 고향 김천 문학에 정선기 시인이 구구 절절하게 '고향이 그리워도'라는 수필에 인용한 시들이 생각난다.

고향에, 고향에 돌아와도
그리던 고향은 아니러뇨
산 꿩이 알을 품고
뻐꾸기 제철에 울건만
마음만은 제 고향 지니지 않고
머언 항구로 떠도는 구름
오늘도 뫼 끝에 홀로 오르니
흰 점 꽃이 인정스레 웃고
어린 시절에 불던 풀 피리소리 아니 나고
메마른 입술에 쓰디쓰다

위에 정지용의 '고향'은 고향을 잃어버린 자의 상실감과 비애의 처절함이 이루 말할 수 없다고 표현하고 있다.

또 한편으로는 김천문학에 발표한 이승하 시인의 내 고향 '김천으로 가는 길에서' 가수 남상규가 부른 <추풍령>이라는 가요를 소개하며 1960년대에 노래일 것이다라고 하고 있다.

구름도 자고 가는 바람도 쉬어가는
추풍령 굽이마다 한 많은 사연
흘러간 그 세월을 뒤돌아보는
주름진 그 얼굴에 이슬이 맺혀
그 모습 흐렸구나 추풍령 고개

위에서 이승하 필자는 아무튼 고향에 가려면 기차를 타고 가던 버스를 타고 가던 추풍령을 넘어야 했고, 이 고개가 고향의 문턱이라고 했다.

이제는 이승하 필자도 근년에는 김천에 1년에 네댓 번 밖에 고향에 가지 않는다고 했다. 명절과 아버지 생신, 어머니 기일에나 내려가지만, 김천을 생각하면 여러 가지로 회한이 많이 든다고 했다.

이제 필자도 추풍령고개에 대해서는 많은 추억과 사랑과 애정이 틈틈이 박혀있는 곳이다. 고향을 떠난 젊은 시절 주로 고향을 가기 직전 추풍령 휴게소에서 잠시 머물던 시간이 주마등처럼 추억이 되어 뇌리에 스친다. 이제 추풍령고개를 넘어가는 횟수도 줄어들고 고향 동남촌 마을에는 부모님도, 형제들도 아무도 살지 않는다.

그럴수록 고향에 대한 그리운 마음은 더하고 구구 절절하다. 고향 동남촌에서 어릴 때부터 우리 친구들은 계를 조직해서 모두 부모님이 계실 때에는 고향마을 각자의 집에서 했으나 이제 어릴 때 한 마을에 같이 살던 친구도 구미, 대구, 서울로 뿔뿔이 흩어져 살기 때문에 모임도 고향마을을 떠나 아포에 있는 식당에서 모이기 때문에 마을에 들어갈 기회가 없다. 이번 2009년 12월에도(30일) 김정호 친구(진등 마을) 집 앞에 있는 식당에서 계추를 했다.

김종록 부인, 황제오 부인, 황강석, 홍광표, 김정호, 강청일, 정창운이 모여서 옛날 어린 시절을 회상하며 모임을 가졌다. 마지막으로 필자는 이동희 박사의 충북 영동 황간 농민문학관에 전시되어 있던 필자의 시를 한 수 적으면서 고향의 그리움을 대신한다.

추풍령 고개 너머

시 인 정 창 운

젊은 시절, 혼자 아니면 가족과 함께
틈만 나면, 추풍령 고개너머
금능군 아포면 제석동(903번지)
그 고향집을 찾아 갈 때가 생애의 보람이었다.
그곳은 항시 꿈이 영그는 마을
늙으신 부모님께서 자식을 대하는
환한 웃음과 미소, 너그러움이 배어 있는 곳!

친구들과 막걸리 한잔에
흥과 눈물이 배인 우정이 박혀 있어
고향을 떠나 서울로 올 때에는
차마 오기가 너무 싫었다.

별을 헤이는 마음으로
초가지붕 위의 박, 박꽃, 그리고 박 넝쿨은
영원한 우리들의 우정처럼 희고 맑았다.

이제 모두 칠순을 넘은 나이
덧없는 시간은 슬픈 강물처럼 흘러
생각하면 할수록
추풍령 고개는 지금도 있기는 한가?
옛 금능군 아포면 제석동(동남촌마을)은 있기는 한가?
멀어지는 고향 동남촌이여!
멀어지는 추풍령고개여!
희한의 슬픔과 추억들이
덧없는 고향의 잔영처럼 아롱거리는 구나

고어와 딩겔이 주는 교훈

필자는 중앙일보의 글로벌아이에서 워싱턴 특파원인 이상일 씨의 내용을 참으로 감명 깊게 읽은 적이 있다. 우리 한국사회에서는 무슨 행사 시 좌석이 앞자리가 아니면 그냥 돌아간다거나 그저 사소한 일 가지고도 자존심 상한다고 서로 싸우면서 니 잘났네, 내 잘났네 하며 분쟁이 종종 일어나는 일을 볼 수 있는데, 이는 너무나 후안무치하고 겸양하지 못한 인간의 경박한 잘못된 처신과 태도라고 아니할 수 없을 것이다. 이제 이상일 특파원의 한 이야기를 들어 보겠습니다.

2002년 6월 7일 오후, 엘고어 전 미국 부통령은 워싱턴 DC 외곽의 레이건 공항에서 뜻밖의 일을 겪었다. 위스콘신 주 전당대회에 가기 위해 밀워키 행 비행기를 타려던 그는 "선생님은 특별검색대상"이란 말을 공항보안요원에게서 듣게 된다. 내용인즉 보안 요원이 줄 서는 곳을 가리키자 고어부통령은 그곳으로 갔다.
그리고 자신의 짐이 샅샅이 검색되는 걸 가만히 지켜봤다. 주변의 몇몇 여행객은 검색대를 통과한 뒤 휴대전화 단추를 눌렀다. 그리고 나서 그들이 본 고어의 이야기를 전했다고 한다.
당시 증인으로 공화당 소속 연방하원의원인 마크 그린의 비서실장 마크 그라울도 그 중의 한 사람이었다고 한다. 그는 친구에게 그 목격담을 얘기하면서 믿을 수 있느냐고 물었다 한다.

이러한 사실이 한국에 있는 한국 어떤 공항에서 높은 관리직에 있는 사람에게 똑같이 이루어졌다고 할 때 어떤 일이 일어났겠는가는 상상에 맡긴다.

다음날 오후 고어는 밀워키 미체 공항에서 같은 일을 당했다고 한다. 그때도 그는 보안요원의 지시를 잘 따랐다.

부통령인 고어가 한번도 아니고 이틀간 두 번이나 특별검색을 받아야 할 특별한 이유가 있었던 건 아니라고 한다. 다만, 운이 없게도 공항에서 무작위로 선정하는 검색대상에 뽑혔기 때문에 불편을 겪은 것이다.

이야말로 큰 뉴스 감이고 놀랄만한 사건이라고 하지 않을 수 없을 것이다. 그래서 언론이 고어에게 소감을 묻자 그는 "안전을 위한 일에 협조하는 건 당연하다"고 답했다고 한다. 조금 전에도 이야기 했지마는 이러한 일이 한국에서 일어났으면 막말이 나오고 나를 무엇으로 알고 그래 내가 누군 줄 알고 그래 등등…… 순탄한 문제가 아닐 것 같고 한바탕 소동이 일어났을 것을 예견할 수 있을 것 같다.

이를 기회로 이제 우리 국민도 스스로가 사소한 일이라도 지키고 협조하는 준법정신을 가져야 할 것으로 생각된다. 이제 우리나라의 국제공항의 귀빈실이 국가 고위공직자 국회의원만이 아닌 기업인에게도 개방된다니 다행이고 서민에까지 개방되어야 한다고 생각해 본다. 나라의 주인인 서민에게도 꼭 배려가 있어야 할 것 같다.

고어 부통령의 사건이 일어난 같은 해 1월 5일 존 당겔(현 26선, 민주당) 연방 하원의원은 레이건 공항 검색과정에서 바지까지 벗어야 했다. 그가 금속 탐지기 속을 지날 때 경고음이 울렸기 때문이다. 그는 "20년 전 낙마사고를 당해 발목과 무릎, 엉덩이에 금속 핀을 박았다"고 설명했으나 당시 75세의 중진의원을 알아보지 못한 보안요원은 믿지 않았다고 한다. 요원은 딩겔을 작은 방으로 데려가 속옷차림이 되게 하고 그리고 휴대용 탐지기로 몸 곳곳을 조사했다고 한다. 딩겔은 그런 일을 겪으면서도 의원신분을 밝히지 않았다고 한다. 그 후 언론이 "심한 수모를 당했다고 생각하지 않았느냐"고 묻자 그는 대변인을 통해 이렇게 말했다고 한다.

"공항이 의원의 옷도 벗길 정도로 안전에 신경을 쓰는 건 좋은 일이다"라고 했다 한다. 참으로 명언 중의 명언이다. 한국은 지금 이명박 대통령이 당선된 후에 공무원들의 머슴론이다. 또 국회의원 출마자들도 국민의 머슴이 될 테니 표를 달라고 한다. 후보들이 현란한 말솜씨로 포장한 각종 머슴론은 그럴 듯해 보인다.

하지만 곧이곧대로 믿을 국민은 얼마나 될까?

그러나 후보들이 의원이 되면 달라진다는 것을 잘 터득하고 있다. 이번 기회에 우리 손으로 뽑은 지역 국회의원들이 진정 머슴으로 봉사하는 모습을 정말 보고 싶다.

한국의 한 현역의원이 어느 선거구의 초등학교 행사에 참가하려다 제지 당하자 학교 교감선생님께 폭언을 했다고 한다. 본인은 부인하지만 하여튼 그의 태도가 고압적으로 비친 게 틀림없는 것 같다.

정말 이런 현상을 꼴불견스러운 모습을 보면서 '국민들은 무슨 생각을 하고 있을까'이다.

머슴 안돼도 좋으니 제발 상전 행세나 하지 마라. 바로 그것이 아니었을까, 사람 위에 사람 없고 사람 밑에 사람 없는데 …

지금까지의 글을 생각하면서 필자는 이렇게 정리해 본다. 국가의 주권은 국민에게 있고 모든 권력은 국민으로부터 나온다. 국민은 그 권리를 관리(공무원)에게 또 국회의원에게 권리를 위임하고 있다.

제발 국민을 상전으로 생각하는 그런 참다운 평화스럽고 행복한 민주국가, 한국이 되기를 기원한다.

국민의 의식수준이 굉장히 높고 대다수가 대학, 대학원을 나온 훌륭한 시민이라는 것을 알아야 할 것이다.

서로가 겸손하고 존경하고 이해할 때만이 신뢰 있는 사회, 존경 받는 한국이 될 것이다. 참다운 사회는 서로가 이해하고 겸손이 어느 때보다도 요망되는 나라인 것 같다.

자기에게 좀 못 마땅하더라도 최소 질서유지를 위해 인내하고 응하는 참된 민주시민의 태도가 필요할 것 같다.

공수래 공수거(空手來空手去)

1982년 미국 캘리포니아의 석유 재벌 헷릭스 재패렛 부부가 권총 자살을 해서 충격을 준 일이 있다고 한다. 그들이 남긴 유서의 끝부분에 더 이상 바라는 꿈이 없다고 적혀 있었다. 내용인즉……

그들은 이 세상의 다른 모든 것들보다 오로지 돈을 버는 게 꿈이요, 인생의 이상이요 목표였는데 막상 돈을 벌만큼 벌고 보니 인생살이가 허망하고 할 일이 없어서 이 이생을 살고 싶은 의욕을 잃고 결국 죽음을 택한 것이라고 이야기하고 있다. 여기에서 우리 인간은 분명하고 진실한 목표가 있어야 하겠고 진실된 목표가 없다는 것은 망망대해를 나침판 없이 항해하는 배와 같다고 했다. 목표 없는 사람은 흐르는 물에 떠내려가는 죽은 고기와 다를 바 없다고 했다.

위에서 자살한 부부는 많은 돈을 벌었을 때 그것을 사회에 기여하고 봉사하고 배려하는 마음으로 사회에 환원했다면 길이길이 모든 사람에게 귀감이 될 것이고 참된 본보기가 되었을 것이다.

마지막을 어려운 이웃을 위해 봉사하고 배려했다면 그 이름이 역사에 길이길이 남을 수 있었을 것이다.

지금부터 5백 년 전 콜럼버스는 아메리카 대륙을 발견했어도 땅 한 평 차지하지 못했다고 한다.

그 후 아메리카에 세계 최대의 나라 미국이 세워졌지마는 그러나 콜럼버스는 말년에 알거지가 되어 수도원에서 굶주리면서 10년을 살다가 세상을 하직하게 되었다고 한다. 그렇다고 해서 콜럼버스가 실패한 인생이라고 말할 수 있겠는가?
그는 새 역사의 기원을 이룩한 사람으로 인류 역사에 높이
평가되고 있다.

인간의 목표를 돈에 둘 수는 없는 것이다. 모든 인간은 공수
래공수거(空手來空手去)하기 때문이다.

또 한 가지 이야기 하고 싶은 것은 2015년 1월 23일 사우디
국왕이 20년간의 집권을 접고 세상을 떠났습니다.

총리직과 입법, 사법, 행정의 삼권을 손에 쥐고 이슬람 성직
까지 장수한 힘의 메카였던 그도 세월 앞에 손을 들고 한 줌
의 흙으로 돌아갔습니다.

사우디는 지금도 우리나라 돈으로 3경원에 해당되는 3,000
여 억 배럴 이상의 석유가 묻혀있고 자신이 소유한 재산만
해도 18조에 이르렀지만 결국 폐렴 하나 이기지 못한 채 91
세의 일기로 생을 접어야 했습니다.

이슬람 수니파의 교리에 따르면 '사치스런 장례는 우상숭배
다'라고 하여 서거 당일 남자 친척들만 참석한 가운데 수도
에 있는 알오드 공동묘지에 묻혔습니다.

시신은 관도 없이 흰 천만 둘렀으며 묘는 봉분을 하지 않고
자갈을 깔아 흔적만 남겼습니다. 비문도, 세계지도자들의 조
문도 없이 평민들 곁에 그저 평범하게 묻혔습니다. 과연 광
수래공수거(空手來空手去)의 허무한 삶의 모습을 실감케 하
였습니다.

일찍이 세기의 철학자요, 예술가이며, 예언가이자 종교지도
자였던 솔로몬 왕은 이렇게 인생을 술회하고 세상을 떠났습
니다.

"헛되고 헛되니 모든 것이 헛되도다"

인생과 후회

우리 인생을 살다가 보면은 행위 당시에는 그렇게 후회할 일도 잘못된 것도 아닌 것으로 생각하고 행동했는데 세월이 흐른 후에 그때 그렇게 하지 말았어야지 하면서 깊은 후회를 할 때가 있습니다. 한 역사상에 있었던 예를 하나 이야기하겠습니다.

한때 천하의 대권을 잡아 권세와 명예와 부를 한 손에 잡고 영화의 극치를 누렸지만 72년간 절대 권력을 휘두르며 무리한 전쟁을 벌여 마지막에는 경제를 파탄시킨 프랑스국왕 루이 14세는 임종 직전 루이 15세에게 자신이 살아온 일생에 대해 깊은 후회를 하면서, 너는 이웃 나라와 싸우지 말고 평화를 유지하도록 힘쓰라. 그리고 내가 밟은 길을 따르지 말고, 평화를 유지하도록 힘쓰라.
내가 밟은 길을 따르지 말고 국민을 위한 정치를 해라. 불행하게도 내가 행하지 못한 일을 네가 해 주기 바란다. 또, 그는 왜 우느냐? 너는 내가 평생 살 줄 알았느냐? 사는 것보다 죽는 것이 더 힘 드는구나 하는 마지막 말을 남겼다라고 한다.

여기에서 필자는 평소 존경하는 한국 문단의 원로이시고, 한국문학진흥재단 이사장이시고, 아울러 국제펜클럽 한국본부 및 한국문인협회 명예이사장이신 성기조 박사님의(시인) 시, 필자가 감명 깊게 읽은 후회라는 시를 기록해 보려고 한다.

후　회

성　기　조

살아온 날의 후회를 지우개로 지우다가
강가에 앉아 돌을 던진다.

후회는 파문처럼 사라져야 하는데
돌만 가라앉고 물 위에는 후회만 가득하다.

후회도 모르고 물 속에 빠진 돌멩이
사람은 왜 후회를 할까?

돌처럼 물 속에 가라앉을 수만 있다면
후회는 깨끗하게 지워질 텐데

일생을 살아오면서 쌓인 후회가
덕지덕지 땟국물처럼 내 몸에 배었는데

후회 때문에 돌팔매로
물수제비만 뜨는 나는 팔이 아프다.

위의 시에서 성기조 박사님이 말씀하시는 대로 인간이 가진 후회는 쉽사리 사라지지 않고 심신을 아프게 하고 있다.
여기에서
'모리와 함께한 화요일'의 작가(미국) 미치 앨범은 죽음을 앞두고 있는 사람들에게 전하는 메시지를 남겼습니다.
시간이 없다고 결코 후회하고 아쉬워 하지 마라고 했습니다.
아직 살아 있다는 것은 당신이 무슨 일을 할 수 있는 때가 늦지 않았다는 것이라며 이들에게 그들을 얼마나 사랑하는지, 또 모든 사람, 모든 것을 용서하라고 했습니다.

그리고 인생을 어떻게 살았는지, 스스로 평화롭게 편안한 마음을 가지라고 주문했습니다.

아쉬운 것보다는 잘한 일을 생각해야 한다고 했습니다.

그리고

'살면서 도움을 준 사람이 한 사람이라도 있다면 당신은 세상에 좋은 영향을 미친 것이다.'

그것은

'강가에 한 개의 돌을 던지면 그 파장은 멀리까지 간다.' 그것과 같은 효과다라고 했습니다.

참고로 '모리와 함께한 화요일'은 출간한 후 8년 동안 한국에서만 500만부가 팔렸고, 41개국 42개 언어로 출간되어 세계적으로 2,600만 부가 판매되었다고 했습니다.

이제 우리 인간이 가지고 있는 사람마다의 후회를 후회로 끝내서는 안됩니다.

잘 마무리 하면서 하나하나 잘 정리해 나가야 하겠습니다.

하루 해가 쉬지 않고 저물어 갈 때 오히려 저녁 연기와 노을이 더욱 아름답듯이 사람도 인생의 황혼기에 더욱 정신을 가다듬어 멋진 삶으로 마무리해야 하겠습니다. 인생을 살면서 언제나 성공만 따르기를 바랄 수도 없습니다.

지난날의 일을 그르치지 않으면 그것이 곧 성공이니 아쉬운 후회도 모두 멀리 띄워 보냅시다.

사람은 때 묻고 더러운 것도 용납하는 아량이 있어야 하고 남의 마음을 아프게 하는 오직 자신의 판단만이 옳다고 하는 태도도 버려야 하겠습니다.

당신을 괴롭히거나 분한 마음을 갖게 한 사람이라도 용서할 수 없다면 적으로는 만들지 아니하고 관용과 아량이 있어야 하겠습니다.

힘들어도 웃어라. 그것이 갈등과 후회를 남기지 않는 것이 될 것이다.

남이 잘됨을 축복하라. 그 축복이 메아리처럼 나를 향해 온다. 그 뒤 후회의 파장이 일어나지 않는다. 우리 서두르지 말고 남은 인생이 길든 짧든 그것을 따지지 말고 한 걸음 한 걸음 이웃과 함께 가면서 살아 있는 날을 더불어 희망의 날로 만들어 봅니다.

고향 단상

이 나이에도 고향 동남촌을 생각하면 참으로 애틋하게 여겨지는 이유가 무엇일까? 태어나서 초등학교, 중고등학교, 대학교를 다니고서야 떠난 고향, 고향에서 많은 시간을 보내다가 26세에 고향을 떠나 육군 소위 계급장을 달고 그 당시 서울특별시 중구 필동의 수도경비사령부에서 소대장 보직을 받으면서 타향살이가 시작되었다.

부모님이 계실 때의 타향살이를 하면서도 거의 매주 부모님 만나 뵈러 갔으나 혈육의 형제조차 살지 않는 지금은 갈 수 없는 고향, 더 한층 마음속의 고향으로 남아있다. 그래도 마음만은 고향에 대한 절절한 애정을 가지고 있다.

언젠가 '김천문학'에 정선기 시인이 '고향이 그리워라'라는 수필에서 인용한 **정지용 시인**의 시가 생각난다.

고향에

고향에 돌아와도
그리던 고향은 아니러뇨

산꿩이 알을 품고
뻐꾸기 제 철에 울건만

마음은 제 고향 지니지 않고
머언 항구로 떠도는 구름

오늘도 뫼 끝에 홀로 오르니
흰 점 꽃이 인정스레 웃고

어린 시절에 불던 풀피리소리 아니 나고
메마른 입술에 쓰디쓰다

정지용 시인의 '고향'은 고향을 잃어버린 자의 상실감이다. 비애의 처절함이 이루 말할 수 없다고 표현하고 있다. 또 '김천문학'에 발표된 이승하 시인의 '내 고향 김천으로 가는 길'에서 **가수 남상규**가 부른 '**추풍령**'이라는 가요를 소개하며 1960년대 노래일 것이라고 하고 있다.

구름도 자고 가는 바람도 쉬어가는
추풍령 굽이마다 한 많은 사연
흘러간 그 세월을 뒤돌아보는
주름진 그 얼굴에 이슬이 맺혀
그 모습 흐렸구나 추풍령 고개

위에서 이승하 시인은 고향에 가려면 기차를 타고 가든 버스를 타고 가든 추풍령을 넘어야 했고 이 고개가 고향의 문턱이라고 했다.
이제는 이승하 시인도 1년에 네댓 번 밖에 고향에 가지 않는다고 했다. 명절과 아버지 생신, 어머니 기일에나 내려가지만 김천을 생각하면 여러 가지로 회한이 많이 든다고 했다.
이제 필자도 추풍령고개에 대해서는 많은 추억과 사랑과 애정이 틈틈이 박혀 고향을 떠나 살던 젊은 시절 고향에 발을 딛기 직전 추풍령휴게소에서 잠시 머물던 기억이 주마등처럼 추억이 되어 뇌리에 스친다. 이제 고향 동남촌 마을에는 부모도 형제도 아무도 살지 않기 때문에 추풍령 고개를 넘어 가는 횟수도 줄어들었다.

그럴수록 고향에 대한 그리운 마음은 더하고 애틋하다. 고향 동남촌에서 친구들과 계를 조직해서 부모님이 살아계실 때는 고향마을 각자의 집에서 계추를 했으나 이제 한 마을에 같이 살던 친구도 구미, 대구, 서울로 뿔뿔이 흩어져 살기 때문에 모임도 고향 마을을 떠나 아포에 있는 식당에서 하기 때문에 마을에 들어갈 기회가 없어졌다. 지난해 12월 김정호 친구 집 앞에 있는 식당에서 계추를 했다.

김종록 부인, 황제오 부인, 황강석(2010. 2. 22 작고), 홍광표, 김정호, 강철일, 정창운이 와서 옛날 어린 시절을 회상하며 모임을 가졌다.

마지막으로 이동희 박사의 영동 황간 농민문학관에 전시되어 있는 **필자의 시 '추풍령 고개 너머'** 일부를 적으면서 고향에 대한 그리움을 대신한다.

젊은 시절, 혼자 아니면 가족 다 함께
틈만 나면 추풍령 고개 너머
금릉군 아포면 제석동 903번지
고향 집을 찾아갈 때가 생애의 보람이었다.

 그곳은 항시 꿈이 영그는 마을
늙으신 부모님께서 자식을 대하는
환한 웃음과 미소, 너그러움이 배어있는 곳!

친구들과 막걸리 한잔에 흥겨운 눈물이 배인 우정이 박혀있어
고향을 떠나 서울로 올 때는
차마 오기가 너무 싫었다.

생자필멸(生者必滅)과 회자정리(會者定離)

일제 말 감옥에서 광복을 보지 못하고 숨을 거둔 **윤동주 시인**의 '**서시(序詩)**'가 생각난다.

죽는 날까지 하늘을 우러러
한 점 부끄럼이 없기를
잎새에 이는 바람에도
나는 괴로워했다.

별을 노래하는 마음으로
모든 죽어 가는 것을 사랑해야지
그리고 나한테 주어진 길을 걸어가야겠다.

오늘밤에도 별이 바람에 스치운다.

이 시를 보면 지금까지 살아온 인생이 주마등처럼 스쳐가며 마음을 한없이 아리게 한다. 좀 더 성실하게 가정과 사회, 국가에 이바지하는 사람이 되었어야 하는데 그렇게 하지 못한 것 같아 후회가 된다.

사람은 죽을 때 세 가지를 후회한다고 했다. 첫째는 재미있는 인생을 살았는가 하는 것인데 별로 재미있게 살았다고 할 수 없을 것 같고, 둘째는 주어진 여건에 충실하며 직업을 이동하지 않고 어느 한 곳에 일심전력하는 삶을 살았어야 하는 것인데 그렇게 하지 못하였고, 셋째는 자원봉사나 남에게 베푸는 삶을 살았느냐 하는 것인데 그 삶도 크게 신통하게 해낸 삶이라고 말하기에는 부족함이 많은 것 같다는 것이다.

미국의 신학자이며 사회학자인 토니캄폴로 박사가 95세 이상 된 사람 50명을 대상으로 '만일 여러분들에게 또 다시 삶의 기회가 주어진다면 어떻게 살겠는가?' 하는 설문조사를 한 적이 있다.

이 질문에 대한 가장 많은 답은 "날마다 반성하면서 살겠다." 는 것이었다. 무슨 뜻인가? 지금까지 살아온 삶이 잘못되었다는 후회의 삶이란 것이다. 그래서 날마다 반성하면서 살겠다는 것이다.

두 번째 답은 "용기 있게 살겠다"는 것이다. 이것은 무슨 뜻인가? 지금까지 비굴하게 살았다는 말이다. 불의와 타협하며 눈 앞의 이득 때문에 양심을 속이며 산 적이 한두 번이 아니라는 뜻이다. 진실을 말하면서 살지 못했었다는 말이다. 그래서 생이 다시 한 번 주어진다면 용기 있게 그리고 자기 자신이 떳떳하게 살겠다는 의미다.

마지막 세 번째는 죽은 후에도 무언가 남는 삶을 살겠다는 것이다. 이것은 무슨 뜻인가? 지금까지의 삶이 물거품 같이 삶을 살았고, 다 없어질 것만을 추구하면서 살아왔다는 말이다. 따라서 다시 생이 주어진다면 좋은 것을 추구해 그것이 본이 되는 삶을 살겠다는 의미가 함축되어 있다.

인생 70고개에 들어서 생자필멸(生者必滅)과 회자정리(會者定離)의 중요함을 느끼게 되고 인생을 어떻게 살아야 할 것인가를 깊이 생각하게 된다. 황혼기에 접어들어 남은 인생에 대한 희망을 찾고 진정 잘못 살아온 인생을 다시 한 번 점검하고 황혼의 아름다운 열매를 맺어 복 받는 사람이 되어야겠다는 것이다.

헬렌 켈러는 '3일 동안만 볼 수 있다면' 제목의 수필에서 이렇게 이야기했다. 만약 내가 사흘만 볼 수 있다면 첫날은 나를 가르쳐준 선생님을 찾아가 얼굴을 보고 산으로 가서 아름다운 꽃과 풀과 빛나는 노을을 보고 싶다고 했다. 둘째 날은 새벽에 일찍 일어나 먼동이 트는 모습을 보고 저녁에 영롱하게 빛나는 하늘의 별을 보겠다고 했다. 셋째 날은 아침 일찍 큰 길로 나가 부지런히 출근하는 사람들의 활기찬 모습을 보고 점심 때는 영화를 보고 저녁에는 화려한 네온사인과 쇼윈도의 상품들을 구경하고 저녁에 집에 돌아와 사흘간 눈을 뜨게 해주신 하나님께 감사의 기도를 드리고 싶다고 했다.

우리가 대가 없이 소박하게 느끼는 작은 것들이 얼마나 큰 희망인가 하는 것을 생각하게 한다. 이제 나이가 들었다고 후회만 하고 있을 수는 없다. 헬렌 켈러가 소박한 3일간의 꿈을 희망으로 하는 것처럼 남은 날을 가정과 이웃에 작은 봉사라도 하고 가까운 친척, 이웃에 대해 끈끈한 유대 관계를 갖고 좀 비뚤어진 관계가 있다면 바로 잡아 놓아야 할 것이다. 나이에 관계없이 생자필멸과 회자정리에 상관없이 최후의 그날까지 하루하루를 잘 보듬어 나가는 일이 필요하다고 생각된다. 희망과 성실, 희생과 봉사로 삶을 마무리해야겠다.

박보생 시장 취임식에 즈음하여

유구한 역사의 영광과 질곡 속에 세종실록지리지에 김산군 김천면이 태동하고 '금릉승람'에 김천의 유래는 옛날 옛적 금이 나는 샘이 있어 김천이라는 이름이 생기고 자연과 어울린 삼산 이수의 명성이 퍼지고 학이 많이 찾아온다는 황악산은 김천의 지주다.

1949년 - 김천부는 김천시로 승격되고 여타 지역은 금릉군으로 불려지면서 오늘의 위상을 이루는 토대가 되다.

1950년 - 6.25전쟁으로 시가지 80%가 파괴되는 애환의 소용돌이 속에서도 비극과 슬픔을 속으로 삭이는 김천인들은 불굴의 의지로 다시 일어서는 강인한 정신으로 오늘에 이르다.

1995년 1월 1일을 기해 김천시와 금릉군으로 통합하여 도농복합형도시로 획기적인 전기를 마련하다.

민선 1기 박팔용 시장께서는 김천이 시로 승격된 지 오래인데 낙후되었다는 과거 소극적인 발전을 지양하고 시장이 선봉장이 되고 전 공무원, 전 시민의 결집된 한마음으로 푸른 도시로 김천은 획기적인 발전 계기가 마련되고 이름하여 우리 김천은 전국에서 제일가는 인간중심의 전원도시로의 위상정립에 목표를 두고 영남제일문, 문화예술회관, 시민대종, 전자시립도서관, 강변공원, 직지문화공원, 조각공원, 김천대교 등의 대역사를 이루다.

이제 민선 4기 시장에 당선된 박보생 시장은 30년 이상 공무원 생활을 통해 김천시 주요 보직을 두루 거치면서 새마을운동을 존속시키기 위해 대통령께 브리핑한 시장, 이상적인 시장보다는 현실적인 시장이 되어 시민과 함께 가겠다는 시장 마무리와 새로운 개발이라는 양대 과정을 등에 지고 선봉장이 되어 공무원, 시민과 함께 나아갈 것이다.

남쪽 끝 증산면 황정리에서 북쪽 끝 감문면 송북리까지, 동쪽끝 납면 부상리에서 서쪽 끝 부하면 하대리까지 한 사람의 낙오도 없이 한 점 어두운 곳이 없게 가난한 자 약한 자의 편이 되는 김천고을 천지에 횃불을 밝혀야 하리.

헛되이 보낸 오늘 하루는 어제 죽은 이가 그렇게 바라던 내일이었다는 명언을 가슴에 새겨 인생철학으로 삼고 있는 시장이다.

가난한 농부의 아들로 태어나 아무 것도 모르는 한 살이 되던 날 민족의 비극인 6.25전쟁으로 아버지를 여윈 슬픔을 딛고 가난하고 애틋한 편모 슬하에서 좌절하지 않는 불굴의 의지로 살아온 여정, 분명 마무리해야 하는 열정으로 대망의 전국체전 개최, KTX경부고속전철 역사와 역세권 개발혁신도시 건설에 온몸과 정신을 불사를 시장, 분명 준비된 시장으로 최고 학부인 경북대학교에서 박사과정을 공부하는 사람, 이 모든 공이 평생을 통하여 외아들 사랑하는 어머니의 희생과 사랑일진대 이 공을 이제 시민의 공으로 돌려야 할 것이다.

아! 우리 고향의 수려한 산야여 용문산, 백운산, 우태산, 광덕산, 수도산, 염속산, 백마산 우리를 지켜주고 희망과 용기를 보탤 것이다.

후회가 후회로 끝나서는 안 된다

우리 인생은 일생을 살면서 지난 날의 경솔함과 자만심으로 인한 상대편에 대한 행위에 대하여 좀더 잘했으면 하면서 깊은 후회를 갖게 될 때가 생긴다.

기드 모파상 같은 소설가는(1850-1893) 나는 이세상에서 모든 것을 갖고자 했지만 결국 아무것도 갖지 못했다고 깊은 후회를 했다.

한국문단의 최고원로이시며, 한국문학진흥재단 이사장 국제펜클럽 한국본부 및 한국문인협회 명예 이사장님이신 시인 성기조 박사님의 후회라는 시를 여기서 한번 기술해 보고자 한다.

후   회

성   기   조(문학박사)

살아온 날의 후회를 지우개로 지우다가
강가에 앉아 돌을 던진다.

후회는 파문처럼 사라져야 하는데
돌만 가라앉고 물 위엔 후회만 가득하다.

후회도 모르고 물 속에 빠진 돌멩이
사람은 왜 후회를 할까?

돌처럼 물 속에 가라앉을 수만 있다면
후회는 깨끗하게 지워질 텐데

일상을 살아오면서 쌓인 후회가
덕지덕지 땟국물처럼 내 몸에 배었는데

후회 때문에 돌팔매로
물수제비만 뜨는 나는 팔이 아프다.

위의 시에서 돌멩이는 가라앉고 인간이 일생을 살아오면서
쌓인 후회는 쉽게 지워지지 않는다는 인생 철리를 간곡한 애
정으로 표현하고 있다.
후회와 연관하여
'모리와 함께한 화요일'의 미국 작가 미치 앨범은 죽음을 앞
두고 있는 사람들에게 남기는 메시지도 남겼다. 이제 시간이
얼마 남지 않았다고 후회하고 아쉬워하지 마라고 했습니다.
그러나 현재 살아있다는 것은 당신이 무슨 일을 할 수 있는
때가 늦지 않았다는 것이다. 지금 당장 사랑하는 모든 이들
에게 그들을 얼마나 사랑하는지를 말해라. 또 모든 사람, 모
든 것을 용서해라.
인생을 어떻게 살았는지 스스로 평화롭게 마음을 가지도록
주문하라. 아쉽고 깊은 후회를 하기보다는 인간이 이 세상에
태어나서 잘한 일을 생각해야 한다.
'살면서 도움을 준 사람이 한 사람이라도 있다면 당신은 그
래도 세상에 좋은 영향을 미친 것이다.
그것은 강에 한 개의 돌을 던지면 그 파장은 멀리까지 간다.
그것과 같은 효과다'라고 하고 있다.
임종을 앞둔 병을 앓고 있던 부처(붓다)도 내 사랑하는 제자,
아난다.

야, 이제 내 나이 여든이 되었구나, 내 삶도 거의 끝나가고 있다. 아난다, 네가 깨달음을 얻지 못했다고 슬퍼하고 후회하지 말고 울음을 그만 멈추어라.

사랑하는 사람도 언젠가는 반드시 헤어지게 마련이다. 부디 후회하거나 슬퍼하지 말고 죽는 날까지 게으르지 말고 스스로 노력해 너희 자신을 구하라고 말씀하시고 그 후 붓다는 세상이 덧없고 무상함을 거듭 설법했고, 석 달 뒤 열반할 것을 선언했다.

그리고

한때의 천하의 대권을 잡아 권세와 명예와 부를 한 손에 잡고 영화의 극치를 누렸던 중국 진나라 재상 이사(李斯)가 정적에게 잡혀 형장의 이슬로 사라질 때 자식들에게 남긴 유언으로 지금까지도 많은 사람들에게 큰 교훈을 주고 있는 말인즉 이 고사를 일컬어 황구지란(黃狗之難)이라 하는데 많은 사람들의 외압에 회자(膾炙)되고 있는데 그때 이사는 내 일찍이 시골에 묻혀 누렁(黃狗)이 개와 더불어 사냥이나 하면서 살았더라면 이런 참변은 면했을 것인데 결국 내 욕심이 나를 망쳤구나 하면서 너희들은 절대로 아버지의 전철을 밟지 말라고 깊은 후회를 남겼습니다.

여기서 그렇다면 인생의 마지막 순간을 앞둔 사람들이 가장 많이 하는 후회는 무엇일까요? 수 년간 말기 암환자를 진료한 한 일본 의사의 저서 「**죽을 때 후회하는 25가지**」가 일본 네티즌에 잔잔한 감동을 주고 있다고 했습니다.

첫째가 자신의 목숨을 소중히 하지 않았던 것

오츠씨는 병이 생긴 뒤 돈을 들이는 것보다 병에 걸리기 전에 검사 등에 돈을 쓰는 것이 현명하다고 하고 있다.

둘째는 유산 분배를 어떻게 할까? 결정하지 않았던 것이다. 환자가 강했을 때 정리하는 것이 좋다는 이야기다.

셋째는 꿈을 실현할 수 없었던 것, 많은 환자들은 꿈을 실현하기 위해 최선을 다하지 않았던 것을 깊게 후회했다.

넷째는 맛있는 것을 먹지 않았던 것, **오츠**씨는 건강을 잃기 전에 맛있는 것을 먹으라고 조언하고 있다.

다섯째는 마음에 남는 연애를 하지 않았던 것, 기억에 남는 연애를 했던 환자들의 얼굴이 상당히 온화했다.

여섯째, 결혼을 하지 않았던 것, 독신인 채 일생을 끝내는 환자들은 반려자를 만나지 못한 것에 크게 후회했습니다.

일곱째, 아이를 낳아 기르지 않았던 것, 투병생활을 하던 한 80대의 노파는 손자가 휠체어를 밀어주는 다른 환자의 모습을 보고 선생님 저도 아이 하나 낳을 걸 그랬어요 했다.

여덟째, 악행에 손댄 일, 나쁜 일을 저질러 병을 얻은 사람들입니다.

아홉째, 감정에 좌지우지돼 일생을 보내버린 것

열째, 자신을 제일이라고 믿고 유아독존 오만했던 일입니다. 특히 사회 높은 지위에 오른 사람들입니다.

열한 번째, 생애 마지막 의지를 보이지 않고 포기했던 일

열두 번째, 사랑하는사람에게 "고마워요"라고 말하지 않았던 것

열세 번째, 가고 싶은 장소를 여행하지 않았던 것

열네 번째, 고향에 자주 찾아가지 않았던 것

열다섯 번째, 취미에 시간을 할애하지 않았던 것

열여섯 번째, 만나고 싶은 사람을 만나지 않았던 것

열일곱 번째, 꼭 하고 싶은 것을 하지 않았던 것

열여덟 번째, 사람에게 불친절하게 대하고 무시했던 것

열아홉 번째, 아이들을 결혼시키지 않았던 것

스무 번째, 죽음을 불행하다고 생각한 것

스물한 번째, 최후의 남겨진 시간을 소중히 보내지 않았던 것

스물두 번째, 자신이 산 증거를 남기지 않았던 것

스물세 번째, 종교는 자유지만 종교를 몰랐던 것

스물네 번째, 자신의 장례식을 준비해 놓지 않았던 것

스물다섯 번째, 담배를 끊지 않았던 것

이제 마지막으로 가면서 필자는 후회가 후회로써 끝나면 참으로 아무 가치가 없습니다.

오늘 이 시점 우리 인생의 삶의 현재 처한 위치에서 좀 비뚤어지고 관계하는 모든 것들에 잘못한 일들을 가슴 깊이 진정으로 새겨봄으로써 보다 내일은 따뜻한 인간의 마음으로 모든 관계하는 것으로부터 존경과 신망을 받을 수 있도록 결심해야 할 것입니다. 하늘은 스스로 돕는 자를 돕는다고 했습니다. 지금 주위에서 스쳐오는 후회와 갈등이 많은 아픔과 좌절을 초래하더라도 더욱 뚜렷한 소신으로 내일로 향하는 희망을 잃지 말아야 합니다.

유명한 철학자 하우프트만이 말한 대로 우리는 내일이 있다고 믿지 말고 오늘 할 일을 미루고 주저하는 일 없이 오늘에 충실하면서 우리의 생에 헌신과 봉사하는 마음으로 살아갑니다.

거름이 많은 땅에서 축복이 잘 자라고 지나치게 물이 맑으면 물고기가 살지 않는다. 그러므로 사람은 때묻고 더러운 것도 용납하는 아량이 있어야 하고 너무 결백하여 자신의 판단으로만 옳다고 생각해서는 안 된다고 생각됩니다. 서로 소통해야만 후회와 갈등이 생기지 않습니다.

고향 가는 길이 멀어지고 있다

나의 살던 고향은 꽃피는 산골
그 속에서 놀던 때가 그립습니다.

시골에서 자란 나는 제석봉이라는 산밑에 남향으로 제법 큰
마을을 이루고 상부상조하면서 서로가 협동하는 우애가 깊
은 마을에서 태어나 그곳에서 국민학교와 중·고등학교, 대구
에 있는 대학을 다니고, 1964년 3월 영천에 있는 육군헌병학
교에서 육군의표병과로서의 헌병학교 교육을 마치고 수도경
비사령부(서울 중구 필동 소재)에 첫 발령을 받고 이 세상에
서 태어난 후 처음으로 1964년 7월초순경 고향 아포역에서
지금은 하늘나라로 가신 어머님의 전송을 받으면서 완행열
차로 김천역에서 내려 서울까지 가는 급행열차를 타고 서울
로 온지 어언 40여 년전이 된다. 타향살이 50년, 항시 그 얼
마나 그리워하고 꿈속에서도 잊지 못한 고향이었던가? 추풍
령고개너머 고향 김천 땅 그 중에서 아포면 제석동(지금은 김
천시 아포읍 제석리)부모님 살아생전 시간이 나면 가족과 손
자손녀들을 대동하고 아주 열정적으로 열심히 드나들던 고
향이 예순의 나이를 넘으니 이제 고향이 멀어지고 있다. 어떨
때는 나에게도 고향이 있는가 하면 삭막감이 내 마음을 엄습
하기도 한다. 모든 사람들이 이야기하고 있지마는 부모님 살
아계실 때에 고향이지 부모님 돌아가시고 나면은 고향이 멀
어진다고 종종 말하곤 한다. 그 말을 예사로 들었는데 사실
그 말이 맞음을 지금 이 나이에 와서는 알게 된다. 이제 고향
인심도 옛날 같지 않다는 말도 많이 들리고 간혹 묘사라든지

애경사가 있어 고향에라도 들리게 되면은 제가 고향을 떠나기 전 후 정정하던 어르신네들, 집안 어르신네들, 고향 형님들, 친구들의 모습도 영원히 볼 수 없는 것을 느낄 때면 멀리 떠나 있다는 것을 느끼면 서글퍼지게 되는 것을 절감한다. 또 요 얼마 전에는 고향 죽마지우로 이루어진 일심회란 모임이 있어 1년에 한두 번 만나 서로 소주잔을 기울이면서 금능군(지금은 김천시)의 녹음 우거진 곳에서 서로의 하고 싶은 이야기도 나누는 뜻 깊은 모임이 있었으나 년 전에 두 사람의 친구가 폐암이라는 진단을 받고 오래 살지 못하고 몇 개월 만에 이세상을 마지막 하면서 우리의 모임도 해산하고 깨지는 아픔을 갖기도 했다. 아! 점점 멀어져 가는 고향이여 부서진 이름들이여! 그리운 고향의 잊지 못할 이름들이 내 고향 길목에 있는 추풍령고개를 넘어 고향마을에 이르는 모든 길에 눈물겹게 아롱거리며 고향에 대한 추억들이 주마등처럼 한결 스친다. 꿈도 미련도 그렇게 많이 쌓였던 고향 땅이여, 하루가 다르게 그리운 이름들이 멀어져 감을 진정으로 느끼게 된다.

년 전에는 고향 아포초등학교 총동창회 자문위원으로서의 초청을 받고 50년 전에 다니던 초등학교에서 80주년 기념식에서 초대받아 시 낭송을 하면서 고향의 선후배님들을 접할 기회가 있었으며 그날 밤새도록 해방 후 8회(1953년 졸업) 동기들과 소주잔을 기울이며 고향 모교의 교가 등을 불렀다. 또 작년에(2005. 5. 10)는 고향 아포읍 창설 10주년 기념식이 있어 초청장을 받고 참석하고 연단에서 기념시를 낭송했으며, 김천시장, 김천시의회 회장, 아포읍장, 아포시의원 등과 인사 나눌 기회도 가졌다.

아포읍 주민도 그날을 기념하고 또 연이어 동별 대항 운동경기가 있어 주민 한 2,000명이 참석하고 있었다. 참으로 뜻 깊은 날이었다. 농촌을 일구며 구슬땀을 흘리며 고향 아포를 지키는 고향 읍민들을 위해서 회비나 찬조금은 전혀 받지 않고 농협과 김천시청에서 몇 천만 원을 부담했으니 정말 대단하고 경사스러운 날이었다.

그날 고향마을 제석동 주민들도 반갑게 만나 뵈옵고 막걸리와 돼지고기 한 점 잘 먹었다. 이렇게도 다정스럽고 그리운 고향이 정말로 점점 멀어지고 있다는 것을 느낀다. 점점 고향의 파란하늘과 추풍령의 정기 어린 고향의 길목이 더욱 그리워진다. 아! 고향의 푸른 꿈들이여, 들판들이여, 산하여 함초롬히 빛나는 고향마을 어귀의 코스모스의 영롱한 이슬방울들이 멀어져 가는 고향을 한층 돋보이게 하고 있구나!

아! 영원히 못 잊을 아포읍 동남촌 마을이여!

고향의 꿈

인간은 누구나 자기가 태어난 고향을 그리워할 뿐만 아니라 꿈과 희망을 키우던 시절로 되돌아 보면은 우리 선조대대로 살아오고 역사와 전통을 지켜 오면서 상부상조 하면서 삶의 뿌리를 가꾸던 부모님이 계시던 고향마을이 우리 인생의 한 평생을 살아오면서도 우리의 모든 근본이며 생의 모태가 됨은 어느 누구도 부인할 수 없는 사실이다.

자식들을 위하여 힘든 한평생을 희생하면서 온 정성을 기울이면서 한없는 사랑을 주시던 가난한 보릿고개의 그 시절에 우리들의 꿈과 희망은 그 얼마나 간절하고 결의에 차있었으며 우리는 위대한 꿈을 가졌던 시절인가 한번 돌이켜보는 것도 벅찬 감동과 잔잔한 여운이 가슴 속 깊이 있는 것을 느끼게 된다.

새벽 먼동이 트기 전부터 어두워질 때까지 가난의 한을 벗어 보고자 구슬땀을 흘리면서 열심히 일만 하시며 고향을 일구시던 어른 분들의 모습이 다시 한번 우리들의 꿈을 갖게 했던 시절이라고, 아니면 우리들의 꿈과 희망을 견지하는데 중추적인 역할을 한 것으로 기억된다.

참으로 행복했던 시절로 보면 될 것 같다. 60년대 초 고향 금릉군 아포면에는 아포유학생회라는 학생 조직이 있었다. 이 조직은 아포면 출신 대학생으로서(서울, 대구, 부산소재 대학) 이루어진 학생 조직이었다. 그 당시 아포유학생 회장을 맡으면서 대구에 있는 대학교에 기차 통학을 하면서 시간이 있을 때는 동년배 선후배님들과 고향 농촌 운동을 전개하는데 많은 시간을 보냈다.

농촌문고보급 활동을 했고, 그 당시 열의에 차 계시던 젊은 28세의 경북 문경출신인 채홍식 면장님이 운영하던 아포문화원(지금 아포농협)의 웅변부장 임명장을 받고 아포면 출신 초.중.고생들의 웅변교육을 하면서 웅변대회를 하는 등 고향 학생들의 의지와 결의를 키우는데도 나름대로 있는 힘을 다하여 매진했다.

그리고 농업에 전력을 다하는 면민들의 노고를 위로하고 격려하기 위하여 군 공보실에서 무료로 활동사진(영화)을 대여받아 고향 면 각 마을을 돌면서 영화상영에도 힘을 기울였다. 또 명절에는 아포초등학교 운동장 씨름장에서 면민 씨름대회를 개최하여 상장과 상품을 전달하면서 즐거운 시간을 갖기도 하였다.

특히 60년대 초에는 각 마을마다 텔레비전은 물론이고 라디오도 아주 귀해서 라디오 가진 가정도 동네에 많지 않아 아포면에는 두 곳, 즉 아포와 대신에서 유선방송을 운영하던 시절이었다. 여기서 면 각 마을마다 보급하여 각 가정마다 유선방송을 청취하게 되어 있었다.

면민들이 세상 돌아가는 일에 접촉할 기회를 많이 갖지 못했다.

그래서 면 학생회장이 생각한 것은 신문을 보면서 아나운서가 되어 아포와 대신에 있는 유선방송사를 찾아 신문의 주요 내용을 스크랩하여 눈이 오나 비가 오나 자전거를 타고 다니면서 면민들에게 정성을 다하여 전달하는 것을 보람으로 생각했다.

하나의 잊을 수 없는 에피소드는 농촌계몽운동을 한 인연으로 젊은 채홍식 면장이 소개한 여인을 만나 평생을 반려자로 맞은 평생 연분의 연이 되었고, 알고 보니 채홍식 면장의 이종사촌 여동생이었다. 소개장을 들고 찾아갔을 때에 집사람은 서울 수도사대를 졸업하고 서울 종로5가 제일은행 동대문지점에 그 당시 근무하고 있었다.

인간들은 누구나 할 것 없이 고향을 모두가 다 가지고 있고 인생의 전 생애를 통하여 고향인 모태에서 부모님께서 들은 사랑의 말씀이 평생 어려운 삶을 살아가는데 있어서 영원히 본받아야 할 토대가 되고 있는 것이다.

또 고향의 바람과 파란 하늘을 무대로 삼아 그 가난하고 어려운 시절에 하루하루를 굳은 결의로 살면서 장래에 무엇이 되겠다고 다짐하고 희망으로 기다리면서 가졌던 그 위대한 마음 속의 꿈들이 현재의 어려움을 극복하고 현재까지 살아오면서 힘든 굽이굽이를 넘기는데 많은 도움이 되었다는 것을 생각해본다.

지금 그 당시 60년대 초 고향 면을 위하여 농촌계몽운동을 하고 자원봉사활동을 한 그것이 밑거름이 되어 2002년도 6월 월드컵 4강을 전후해서 1년 정도 무료 교통정리 봉사활동도 하며 시민질서계도에 봉사하여 그 당시 고건 서울시장으로부터 봉사 메달도 기증받은 것이 생을 통하여 큰 기념이 되는 것 같다.

고향 아포를 떠나기 전 고향에서 가슴 속에 지녔던 결의와 꿈들이 이 남은 인생을 유지하는데 더욱 힘을 내며 실망하지 않고 어려운 고개를 넘을 수 있는 유일한 교훈이 되고 있는 것 같다.

어려운 가난한 시골, 젊은 학생시절의 그 옛날 가지고 꿈꾸

었던 희망과 보람이 주마등처럼 이 인생의 마지막 열차를 띄우는 지금에까지 용기를 불어 넣어주고 있는 것을 아주 절실히 느끼며 아! 한국의 젊은이들이여, 오늘도 가난한 농촌 마을에서 불굴의 투지로 노력하는 후배님들이여, 노력의 대가는 반드시 열매를 맺을 것을 확신하면서 격려의 말씀을 드린다. 노력하라. 그리고 고향을 생각하라. 부모님을 공경하고 부모님을 잊지 마라.

어머니 그리고 아버지
(우리들의 부모 마음)

누가 세월이 흐르는 물 같다고 하던가?

정말 시간의 흐름이 하늘 위에 구름처럼 그렇게 스쳐가듯 잠시 지나가는 것을 두고 뭇 사람들은 틀림없이 인생과 인간을 잇대어 허무하다고 했을 것 같다.

한번 간 인생은 다시 돌아오지 않고 인생은 왕복표를 발행받을 수 없는 인생을 살아간다는 자체만 해도 오늘의 지금의 시간이 그 얼마나 중요한 시간이며, 다시는 돌아올 수 없는 시간이 무의미하게 지나간다는 것을 느끼게 될 때는 인간 심연의 깊숙이 뼈저린 슬픔 한 점도 느끼게 됨을 어이 할 것인지? 지금 이 시간에 생각나는 것은 평생을 고쳐 부모에게 불효를 한 마음이 평생을 통하여 지워지지 않는 진한 슬픔 같은 것을 가슴 속에 묻고 살아가고 있는 것 같다. 일흔이 다 되어가는 나이 어머님 하늘나라로 가신지 24년 아버지 하늘나라로 가신지 26년 참으로 어린 옛 시골 마을에서 어머니 아버지의 사랑과 은혜를 그 후 계속 살아 생전 부모님을 생각하면 왜 이렇게 한없이 가슴이 메어오는 것일까? 2006. 3월 초순경 동아일보 오피니언 난에서 '어머니의 기도와 두 추기경'이라는 내용의 글을 읽고 한 동안 노인의 가슴을 때리는 감동이 떠나지 않고 진한 향으로 온몸에 파고들어 가슴 아프게 눈물이 핑 돌았다.

이제 대한민국의 추기경이 된 정진석 추기경의 어머니인 이복순 여사는 (작고) 유일한 혈육인 외아들이 임지를 돌아다니는 동안 어머니는 홀로 가난한 이들을 돌봤고 아들 정진석이가 그리울 때면 머리맡에 아들 사진을 보며 무언의 대화로 그리움을 삭였다고 한다. 아들이 성직자의 길로 들어선 이상 세속의 인정에 끌려서는 안 된다는 판단에서였다.

어머니의 이런 헌신과 기도가 한국천주교 두 번째 추기경 탄생이라는 경사를 만들어냈을 것이다.

그리고 한 사람은 격동의 한국 현대사에서 누구도 넘볼 수 없는 선지자의 사명을 감당한 김수환 추기경 또한 어머니 서중하(1955년 작고) 여사의 권면과 기도가 자신의 삶에 절대적인 영향을 끼쳤다고 고백한 바 있다.

어머니는 이름 석자와 하늘(天), 따지(地) 정도 밖에 몰랐던 당신은 평생을 옹기와 포목을 머리에 이고 팔러 다니면서 아들 둘을 성직자로 만들었다. 이는 김추기경이 그 험난한 시절 독재정권에 맞서 시대적 소명을 다한 것도 어머니의 강인함을 이어 받았기 때문일 것이다. 또한 김추기경은 회고록에서 자신의 무릎에 기대어 눈을 감으신 어머니를 회고하며 "어머니는 나를 위해서 모든 것을 다 내어 주시고, 어떤 처지에서든지 다 받아 주시고 어떤 허물과 용서도 다 덮어주셨다."고 말했다.

사랑에 관한 김추기경도 가난하고 못 배운 어머니의 사랑에 미치지 못함을 통탄했다고 한다. 이렇게 우리 인간들은 한평생이라는 짧은 기간을 살면서 어머니, 아버지의 사랑과 주신 교훈을 잊지 못하고 살아갔다. 특히 일흔이 된 필자는 시골 마을에서 대구에 있는 대학교에 다닐 때 가정이 어려워 하숙할 형편이 못되고 해서 경북 김천에 있는 간이역 아포역에서 대구까지 기차통학을 하게 되었다.(왕복 4시간)

자식 공부 잘하고 훌륭한 사람 되어 정직하고 성실하게 자라
나라고 무척 기대를 많이 하셨다. 항시 새벽 4시경이면 어머
니는 일어나셔서 자식이 먹고 갈 아침밥과 도시락을 장만해
주셨다. 아침을 먹고 나면은 바깥은 가을, 겨울철이면 무척
어두웠고 내가 기차를 타는 아포역까지도 어두웠다.

시골 우리 집에서 아포 간이역까지는 한 20~30분이 걸렸다.
우리 아버지는 어린 아들이 무섭다고 항시 아포역 가까운 곳
까지 배웅해 주며 어둠 속에서 항시 용기와 희망을 가지라고
손을 흔들어 주셨다.

이런 용기와 희망을 주시던 아! 우리 어머니, 아버지는 이제
는 멀고 먼 하늘나라로 가셨다.

평생을 통하여 인생은 영원한 것으로 생각하고 살아생전 부
모님 전 옳게 효도 한번 드리지 못한 마음이 한없이 죄송스
러운 마음 거둘 길 없다. 나는 이제 1989년 시 문학지 '아직
떠나지 못한 자의 발목에'라는 책에 게재했던 돌아가신 어머
님을 그리는 시 한 소절을 실어본다.

이 시는 나의 어릴 적 살던 고향을 그리던 애달픈 눈 오는 날
의 시 한 구절이다.

고향 논두렁 길 위에 흰 눈이

정　　　창　　　운

고향 앞, 그 논두렁 길 위를 걷던
어머님의 모습은 영원히 가버렸는데
당신이 걷던 논두렁 길의 그 발자국 위에는
흰 눈이 하염없이 계속 내려 쌓인다.

당신의 발자국 한층 더 애달프게 묻혀가고
눈은 더욱 더욱 세차게 내린다.

논두렁 길 바로 뒤편의 그 옛날 고향집
초가지붕 위에도……

고향을 우람하게 싸고 있는 제석봉 정상에도…
아! 멀어진 고향 땅 전체가 흰 눈이다.

마을에서 멀지 않는 어머님 아버지 산소에도
지금쯤 고향 친구의 안방에서는
강만이, 제오, 종록이, 광표, 상호, 청일, 정호

나의 어릴 적 친구들 모여 앉아
정다운 옛이야기를 나누고 있겠지
그리운 친구들의 흥이 더욱 난로에 타겠지

그 옛날 어머님 걷던 시골 논두렁에 눈은 쌓이고
구미역을 출발한 내가 탄 기차는 방금
경북 금릉군 아포면 제석동 고향마을 앞을 통과한다.

고향, 그리고 문인과 그 역할

고향의 하늘과 바람, 풀 한 포기 무척이나 그리워지는 계절 인 가을이다. 우리 금릉군[지금 김천시] 군민들은 군목으로 서 전나무를 사랑하는 인내심이 강한 꿋꿋한 기상을 간직하 고 있으며, 아울러 백일홍을 좋아하는 강인한 의지력을 갖고 있으며, 비둘기를 사랑하는 평화를 갈구하며 애향심이 강한 사람들이 고향을 가꾸고 있는 부지런히 일하고 성실한 사람 들이 선조 대대로 이어가며 삶의 토대를 마련해 가고 있는 아름다운 고장으로 생각된다.

금릉군 중에서도 내 고향마을 아포면 제석동은 잊을 수 없는 곳이다.

그곳에서 태어나서 6년간 아포초등학교를 다녔으니 말이다. 그 후 김천중고등학교 6년을 다녔으니 금릉군, 지금의 김천 시는 태어난 곳이면서 교육받은 곳이니 참으로 잊을 수 없는 곳이다.

아울러 모질게도 가난하여 60년대 초 동남촌 고향마을에서 새벽 어둠을 뚫고 아포역까지 걸어 나와 대구역까지 장거리 기차통학을 하면서 국립 경북대 법대를 다녔으니 더더구나 학창시절의 추억이 주마등처럼 느껴지는 곳이다.

김천중학생 때는 전장억 국어선생님의 지도로 '내 마음은 불' 이라는 시를 써서 학교 [송설문예지] 문예지에 실었던 기억 이 난다. 그래서 시는 영원히 죽을 때까지 몸바쳐 작업해 나 가야 할 미완성의 과제로 남는다. 이제는 시인도 좋은 시를 써서 인간이 도덕적인 생활을 하게 하는 인간의 행복을 추구하는 시문학운동이 되어야 할 때이다.

사람은 그 개체로서 충분히 존귀한 것이며 나름대로의 영역에 따라 살아가게 되어 있다.

그러나 사람이 사람으로써 행세할 수 있는 것은 다른 사람과 더불어 존재하기 때문이다.

부모형제를 비롯해서 이웃과 동료들과 선배와 후배, 그 외 많은 사람과 함께 살아가는 것이다.

그런데 모든 사람이 자기 이익과 도덕이 대립할 때 자기 이익에 비중을 두고 결단을 내린다면 모든 사회 질서는 붕괴되고 말 것이다. 이제 시인도 수필가도 자기만의 시나 수필을 쓸 것이 아니고 인간과 인간간의 거룩한 화합으로 오늘 각계 사회의 어두움을 밝힐 수 있는 국민 대중 속에 파고드는 공감대 형성에 이바지하는 적극적인 문학의 한 역할을 담당해야 할 것이다.

즉, 문학을 사랑하는 마음을 일반대중에게 심어주고 더 나아가 마음의 병을 고칠 수 있는 청량제 역할을 하여야 할 것이다. 인간은 인간으로서 항상 보다 좋은 삶의 길을 살아가야 하는데 이런 좋은 것이 윤리적으로 좋은 가치이고 당연히 하지 않으면 안될 당위이며, 이를 바로 선이라고 한다. 윤리란 인간의 공동생활을 지탱해 주는 원리이며 욕망에 사로잡히기 쉬운 인간이 무조건 지켜야 할 명령인데 이는 강요되는 것이 아니라 모든 인간 스스로가 공통적으로 지닌 이성의 명령인 것이다. 인간은 사회적 동물이라고 한다. 그러므로 한 사람만의 행복은 있을 수 없다. 사회 전체가 행복하지 않으면 안되므로 개인의 행복과 사회의 행복은 끊을래야 끊을 수 없는 관계를 지니고 있다. 제각기 제멋대로 자신의 행복을 추구한다면 사회는 혼란에 빠지게 된다. 따라서 가장 많은 사람들이 가장 큰 행복을 확보하는 일이 행위의 기준이 되지 않으면 안 되는 것이다. 한마디로 최대 다수의 최대 행복을 실천하는 행위가 최대의 선이고 이것이 바로 우리가 추구하고자 하는 도덕규범인 것이다.

지금과 같은 윤리도덕이 많이 타락한 현세에서 시나 수필을 쓰는 사람들이 도덕성 회복 차원에서 우리 인류의 가장 근본이 되는 충과 효라든지 도덕적 윤리적인 형이상학적 차원에서 사랑을 주제로 하는 건전하고 가치관 확립에 이바지하는 정열적이고 감각적이면서도 감동적으로 인간의 마음을 파악하려는 고차원적이고 영원성에 바탕을 둔 생명력 있는 시나 수필을 써야 할 것이다. 김후란 시인이 한 말이 생각난다.

시나 수필의 참다운 생명이라는 것은 압축미 속에 꿈틀거리는 내재율과 햇살에 튕겨 오르는 은어 같은 이미지로 읽은 이의 마음속에 신선한 물보라를 일으키는 시, 수필 읽어서 즐거운 시, 수필, 읽혀지는 문학 슬픈 것은 더욱 슬프게, 기쁜 것은 더욱 기쁘게 공감하고 절감하게 하는 문학, 한 꺼풀 벗기고 재음미 할수록 한결 가깝게 공감되는 시나 수필이 되어야 하고, 특히 오늘날과 같은 어려운 시대에 있어서는 시인, 수필가는 항시 강직한 성격으로 양심의 결백을 항시 지키고 허영적인 이미지를 버리고 실질적 소재를 추구해나가야 할 것이다.

마지막으로 인간과 어려운 환경 속에서도 아름다운 내용으로 인간을 감동시킬 수 있는 문학을 하는 사람은 어떠한 자질 함양에 신경을 쓸 것인가 이다.

첫째는 건전한 인간성 개발이다. 우리 사회는 상대방이 불리

한 위치에 있으면 무시하는 경향이 아주 농후한데 공동체 지역사회에서는 어려운 처지, 불리한 위치, 실패한 위치에서 불운하게 생활하고 있는 자를 따뜻한 마음으로 감싸주는 생명력 있는 사랑의 정신을 가져야 할 것이다.

둘째는 항시 생각하는 폭을 넓게 부드럽게 가지라는 것이다. 즉, 역지사지의 입장에서 글을 쓸 때에 인간을 감화하고 포용하는 글을 쓸 수 있다는 것이다.

셋째는 인생은 너무 서둘러서 생활하는 자세는 좋지 않다는 것이다. 항시 여유를 가질 때에 헛짚지 않게 되고 단정짓지 않게 되고 고집하지 않고, 독선 피우지 않는 원만한 성격을 형성한다는 것이다.

네 번째는 인간의 [문인]자세에 대하여 이야기하고 있는데, 상대방에게 쓰는 말투는 항시 겸손하고 단어 사용이 따뜻한 감정을 상대방에게 전달해 주는 전령사가 되어야 한다는 것이다.

인생칠십고래희(人生七十古來稀)

위의 말은 두자미(杜子美)의 시구로써 칠십까지 사는 사람이 드무니 인생은 짧다는 뜻으로서 두보의 시(詩)에서 나온 말이다.

필자는 2008. 9. 4일이면 음력 8월 5일로써 만 70세가 된다. 통상 지금까지 인생을 살아오면서 환갑 지난 지가 엊그저께 같은데 벌써 10년이 다 되었고 환갑날 저녁 지하철 선릉역 근방 상드레떼에서 가족연에서 벌써 환갑이 되었다고 이야기한 적이 있고, 세월이 빨리 간다고 한 일이 있는데, 그 후 속절없이 10년이 흘러 칠순 나이의 고지에 오게 되었다. 참으로 세월의 빠름과 인생의 무상을 느낀다.

사람이 죽을 때가 되면은 후회하는 세 가지가 있다고 하는데
첫째는 인생을 재미있게 살았는가?
둘째는 주어진 여건에 충실하였는가?
셋째는 남을 위해 봉사(자원봉사)하는 생활을 했는가 라고 한다.

어느 것 하나 신통하게 잘한 것이 없음을 느낄 때 지난 날에 대한 복받치는 후회를 하게 된다.

필자는 어느 듯 인생 칠십에 들어서면서 시 한편을 한국 농민문학에 기고한다. 그 내용은 다음과 같다.

어느 듯 70에 들어서면서 생각나는 일

정   창   운 시인

나이 47세가 되던 해
고향 어머니 가게에서
부산 동아대 법대를 중퇴하고
고향 남촌마을에서 농사를 짓던
김동기 선배가 소주 한 잔을 하고
창운아, 내 나이가 벌써 50이야 하면서
훌쩍훌쩍 울던 날이 바로 어제 같다.
50세에 율동새마을운동 중앙연수원에서
교수로 근무하면서
분임토의 시간에 자기 소개 시
어느덧 한 새마을지도자는 74세가 되었으니
한 마디로 세월이 빠르다고만 했다.

한때 국민의 관심을 끌었던 사극
용의 눈물에서
지방 고을을 방문한 태종 임금님께
사립문을 가리키면서
저기 비치는 망둥이가
곧 사라지는 것처럼
세월은 빨리 가니
하루하루 백성들에게
좋은 업적을 남기라고 한다.

2008년 1월 어느 날
전 대통령 김영삼님은
80회 생신 축하연에서 말하기를
백마가 달려가는 모습을
문틈으로 내다보는 순간처럼
빨리 가는 게 세월이라고 한다.
지금 이 나이에 와서
다가구주택의 우편함을 뒤적이다가
분명 다른 사람에게 온
빨간 두 줄이 쳐져 있는 소환장을 보면은
내 것으로 착각하면서
가슴이 울렁거린다.
이거 나이 많다는 증거다.

또 다른 영광의 길도
하느님이 보내신 독생자이신
주 예수그리스도를 잘 믿으면
이 세상 죄 사함 받고
하늘나라 가는 날
우리 손녀 정영서 우리 손자 정영준
천군천사 노래하는 하늘나라에서
다시 만나기를 기원한다.

이제
70의 나이에 들어서니
1982년도와 1984년도에

어머니, 아버지
70년을 사시고 하늘나라에 가실 때
신작로 길에서
들판을 가로 거르는 길에서
냇가 길에서
개울가 길에서
찔레꽃이 희게 흐드러져 피어 있는
산등성이 숨 가삐 오르던 길에서
그날 불렀던 장송곡
바람의 노래가 애잔한 슬픔이 되어
다시 전신으로 울리고 있다.

위의 시는 정말 젊은 시절에는 느끼지 못했던 세월이 너무 빠르고 빨리 간다는 것을 이 나이에 이르고서야 절실히 느낀다는 내용이라고 하겠다.

안산시청에서 국장을 하고 정년 퇴임한 임종호 선생의 수필 「떠날 준비」에서 말한 내용을 옮겨본다.

인생을 즐겁게 살기 위해 가져야 할 마음가짐을 적어놓은 최락편(最樂編)이란 책에 실려 있는 이야기인데, 즐거운 인생을 누리기 위해서 이 책에서는 '죽음의 준비'라는 대목을 끝부분에 마련해 두었는데 그 가운데 한 토막이다.

한 노인이 죽은 뒤에 염라대왕 앞으로 끌려갔다. 저승으로 데려간다는 사실을 왜 미리 전해주지 않았느냐고 원망을 늘어놓은 노인의 불평에 염라대왕은 이렇게 대꾸했다.

"나는 자주 소식을 전했다. 네 눈이 점점 침침해 진 것이 첫번째 소식이요, 네 귀가 차츰 어두워진 것이 두 번째 소식이며, 너의 이가 하나 둘씩 빠진 것이 세 번째 소식이다.

게다가 네 사지가 하루하루 노쇠해졌으니 충분히 알아차렸어야 할 것 아니냐?

이제 인생칠십고래회에 와서 생각하면은 참으로 자명한 이치인 것 같다.

그럼에도 불구하고 사람들은 천년, 만년 살 것같이 자기와는 무관한 것이라는 착각에 사로잡혀 있는 것 같기도 하다.

인생의 황혼의 나이에 이르면 살아생전의 준비 못지 않게 '떠날 준비'도 매우 중요하다고 본다.

아무런 준비 없이 죽음을 맞이하게 되는 것은 불행스러운 일이지마는 대다수 사람들은 하루하루 살아가기에 바쁜 나머지 그렇게 허무하게 인생을 마무리하는 경우도 있는 것 같다. 또한 이러면 안 되는데… 이것은 아닌데…를 되풀이 하며 살아가다가 바로 잡아 정리할 겨를도 없이 어느 날 임종을 맞이하게 되는 경우가 적지 않다.

죽음은 어느 날 갑자기 나타나는 불청객의 모습으로 찾아오기 때문이다.

이제 어느덧 이렇게 되었다고(나이) 조금도 실망하거나 주저할 필요가 없다. 아직도 많이 남아 있는 희망의 시간을 잘 활용하여 국가에는 봉사하고 가정에서는 인자한 할아버지로서 손자, 손녀를 사랑하고 가정을 화평하게 이끌고 마무리하는 훌륭한 가문의 대물림을 할 수 있도록 성의와 열의, 헌신을 다 해야 할 것이다.

머무르지 않고 가버린 것에 대한 집착이나 또한 이루지 못함에 대한 안타까움, 잘못된 생각으로 빼앗겨버린 사연에 자학

하고 고뇌할 필요는 전혀 없다.

지금까지 살아온 인생을 조용히 관조하면서 이만하면 나름대로 행복했다고 느껴보아야 할 것이다.

필자는 이 글월을 마무리 하면서 전국 R.O.T.C 2기 정기총회에서 그 당시 전국회장이던 손명두 회장(현 서강대 총장)이 한 말이 기억난다. 그는 **사무엘 울만**이 쓴 시(詩)를 낭송했다.

청춘에서

청춘이란 두려움을 물리치는 용기
안이한 마음을 뿌리치는 모험심을 의미한다.

때로는 20세 청년보다도 70세 인간에게 청춘이 있다.

나이를 더해가는 것만으로 사람은 늙지 않는다.
이상을 잃어버릴 때 비로소 늙는다.

세월은 피부에 주름살을 늘려가지만
열정을 잃으면 영혼을 주름지게 한다.

머리를 높이 치켜들고 희망의 물결을 붙잡는 한
80세라도 인간은 청춘으로 남는다.

신뢰(信賴)

인간사회에 있어서 신뢰 관계가 잘 형성되어 있지 않다면 그 얼마나 혼란스럽고 혼탁할지 그 가름해보기도 힘 드는 일이다. 서로가 믿는 사회일수록 그 지역 공동체는 발전하고 행복할 수 있기 때문이라고 생각이 된다.

또한 서로가 믿을 수 있는 사회가 될 때 삶의 의욕을 가지고 주어진 여건에서 누구나 열심히 일할 수 있을 것이다.

언젠가 서병훈 교수의 오피니언 난에서 '이중(李中)선생은 모택동과 중국을 이야기 하다'라는 책에서 등소평은 살아 있을 때 자기 고향집을 못 가꾸게 했고, 아버지 묘도 방치하다시피 했고, 그는 1989년 우리 같은 늙은이가 자리를 지키고 있으면 젊은이들이 할 일이 없다면서 최고 권력자의 자리에서 스스로 물러났다. 또한 모택동은 정견이 다르다고 학문마저 부인해서는 안 된다고 하면서 그래서인지 중국을 빛낸 100명의 위인에 장개석이 버젓이 올라 있고, 장개석의 동상도 곳곳에 건재하다고 한다.

이렇게 함으로써 이들은 그 얼마나 존경과 신뢰를 가지는 훌륭한 지도자로서 역사에 기록되고 있다는 것이다.

그러나 잠시 우리 한국의 정치 현상을 보면 가관이다. 국회의원은 국회의원끼리, 정당은 서로 정당끼리, 자기의 입맛대로 국민의 뜻이라고 서로가 주장하면서 아전인수격인 행동을 얼마나 많이 보아왔고 또 현재도 보고 있는 슬픈 현상이 아닌가 싶다.

국민을 위한다는 것보다는 당리당략에 전력투구하는 전사

같이 거친 말로 함부로 하고 있는 것 같다.

이래서야 어떻게 국민의 신뢰를 받으며 국민이 보다 나은 생활, 복지를 누릴 수 있는지 참으로 걱정이다.

신뢰가 상실된 사회는 그 얼마나 불행하고 고통스러운 것인지 말로서 형언할 수 없을 것이다. 이훈범 논설위원은 '내 거위는 모두 백조인가?'에서 이렇게 이야기하고 있다.

그 유명한 마라톤 전투에서 아테네 군을 지휘한 테미스토클레스와 아리스티테스는 정반대의 성격을 가진 인물이었는데 전자가 탐욕스럽고 간교한 인물의 대명사라면 후자는 정직하고 청렴한 인물의 전형이었다고 한다. 특히 아리스티테스는 정의로운 자였으므로 의심 많은 아테네 군이 가족의 안위를 걱정해 서둘러 철수하면서 아리스티테스를 전리품 분배 책임자로 믿고 남겨둘 정도였다고 한다.

이렇게 볼 때

테미스토클레스와 아리스티테스를 놓고 볼 때 테미스토클레스는 신뢰를 받지 못한 인간이었고, 아리스티테스는 존경과 신뢰를 받는 인물로 보아 마땅하다고 생각된다.

그러나 사람은 신뢰를 받는다고 생각할 때 또는 정상에서 하산할 때 주의하지 않아 신뢰를 잃어버릴 때 등 인간이 자기 자신이 존경과 신뢰를 받는다고 생각할 때 자아도취 되어 자만할 때에는 모든 것이 한 순간에 무너진다는 것을 알아야 할 것이다.

하지만 그렇게 신뢰를 받았던 아리스티테스도 그리스인들의 버림을 받고 아테네를 떠나 10년 동안 방랑생활을 했다고 한다.

이와 같은 현실을 무시한 아집이 위험천만하므로 자고로 동양이건, 서양이건 항시 경계하는 마음을 가져야 한다고 생각했었다.

서양에서는 자신의 거위는 모두 백조다라는 속담을 등대 삼아 아집과 독선에 빠지지 않도록 주의해야 한다.

또한 시경에 흰 구슬에 있는 티는 갈아 없앨 수 있지만 말에 박힌 티는 갈아도 없어지지 않는다는 구절이 있다. 공자의 제자 남용이란 사람은 이 구절을 하루에 세 번씩 외우는 것만으로 공자에게 잘 보여 그의 조카사위가 됐다 한다.

이훈범 논설위원의 말대로 뒤늦게 공자의 사위가 되는 일은 없겠지마는 마음속에 담아 두면은 뒤늦은 후회를 예방하는 데 도움이 될 금언이다.

인간이란 물정 모르는 젊은 시절에는 다들 기고만장 하는 것 같다. 그러나 인간 세상에서 세월은 흐른다. 또한 인간은 어차피 유한한 존재이다. 아무리 똑똑하고 잘 나고 기세 등등하던 사람도 때가 되면 이 세상을 떠나가야 한다.

우리 인생은 남을 포용하고 이해하고 더욱 겸손하고 양보하고 서로가 반성하는 자세를 가질수록 이 사회는 더욱 더 존경과 신뢰받는 사회가 될 것이라고 생각해 본다.

인간! 죄 없고 결점 없는 사람이 어디에 있을 수 있을까?

서로 물어주고 용서하고 이끌어 줄 때에 신뢰의 사회가 이루어질 것이다.

우리가 서로 신뢰하는 사회는 믿음이 있는 사회이다. 이런 사회에서만 인간은 화평하고 복된 생활을 할 수 있다고 생각한다.

독수리도 변신을 시도하는데?

우리 인간은 어려움에 처할 때는 창의적 변신을 해야 한다고 말은 하지마는 시행에 들어가기 전에 포기하는 경우가 많다. 그래서 변화는 쉽게 할 수 있는 것도 아니고 마음대로 되는 것이 아닌 것 같다.

특히 대부분의 사람들은 어느 정도 자리가 안정되면 현 상태를 유지하고 더 이상 변화하는 것을 포기하는 경우가 많이 있다고 하겠다. 그러나 인류문명의 발전은 제자리에서 정체될 수 없으며, 끊임없는 사고와 전진된 사고와 노력을 필요로 하고 있는 것이다.

특히 국제회의시대, 글로벌시대에 있어서는 국가와 기업은 조금도 쉴 틈새 없이 끊임없는 창의적인 도전을 과감하게 시행해야 한다고 보는 것이다.

특히 산업화, 민주화의 단계를 잘 마무리 하면서 선진화로 가는 길은 전 국민의 창의적 역량이 추호도 흔들림 없이 잘 조절 화합하면서 앞으로 전진, 세계 무대를 향한 힘찬 도약과 노력을 경주해야 할 것으로 본다.

문창극 컬럼의 '동서경쟁에서 소련이 왜 미국에 패배했을까?'에서 이렇게 이야기하고 있다.

여러 요인이 있겠지만 소련체제가 갖지 못하는 창조적 파괴의 중요한 요소를 미국은 갖고 있다는 것이다. 그래서 경쟁에서 살아남기 위해서는 힘들고 괴롭고 마음 아프지마는 과감히 떨치고 일어설 수 있는데 발달되고 좋은 것을 위해서 현재의 것을 버릴 수 있는 창조적 파괴, 창조적 도전, 변신이 필요하다는 것이다.

오늘 이 시대에서 우리는 어려운 삶을 살면서도 즉, 생활보호대상자로 살면서 매월 받는 돈을 모아 사회불우시설에 기부하는 현상을 간혹 신문지상을 통해 볼 수 있다.

이러한 어려운 사람을 위한 기부를 누구나 할 수 있는 것은 아니라고 본다.

이러한 사람들은 창조적 발상, 발상의 전환, 정말 적은 것으로 남을 도우면서 더 큰 것을 이루려는 가치창조적 참된 행위라고 어이 말하지 않을 수 있겠는가 하는 것이다.

이러한 사회행복추구의 따뜻한 현상을 보면서 한편으로 돈이 많고 부자이면서도 남에게 조금도 기부할 줄 모르고 자기들만 좋은 집에 살면서 좋은 큰 차를 타고 다니면서 최고급 좋은 음식을 먹는 사람들이 많이 있다는 사실이 우리를 슬프게 하고 선진화로 가는 국민의 발전에 병폐가 되는 불안정요소라고 볼 수 있을 것이다.

문창극 칼럼에서 시사하는 바가 매우 크다. 독수리에 대한 일화를 의미심장하게 말하고 있다. 독수리가 70까지 살려면 40살쯤에 변신을 위한 혹독한 어려운 고통의 터널을 통과해야 한다고 한다.

독수리는 40살이 되면 독수리의 부리는 굽어져 가슴 쪽으로 파고 들고 발톱 역시 굽어져 먹이 사냥을 할 수 없게 된다고 한다. 이때 독수리는 결정적인 생의 최후의 결단을 한다고 합니다.

그저 그냥 1년 더 살다가 죽든지 아니면 고통스럽지마는 획기적인 창조적인 변신을 해서 30년을 더 살 것인지 중대한 생의 결심을 한다고 한다. 그래서 위대한 결단을 한 독수리는 절벽꼭대기에 올라가 자신의 부리를 바위에 으깨 부리를 뽑는다. 그 자리에 날카로운 새로운 부리가 돋아나면 그는 그 부리로 휘어져 못쓰게 된 발톱을 아픔을 참으며 뽑는다고 한다.

그렇게 해서 빠진 발톱 자리에 새 발톱이 돋아나고 드디어 독수리는 새 부리와 새 발톱을 가지고 제2의 화려한 삶을 시작한다는 것이다.

이 짐승인 독수리를 통하여 우리 인간은 위대한 인간의 철학적 교훈을 얻게 된다. 자칫 우리 인간이 현 상태를 유지하며 조용히 살자는 사고에서 벗어나 생에 대한 과감한 도전으로 보다 나은 생을 위하여 발상의 전환, 창조적 파괴, 창조적 도전으로 이 인생을 좀더 보람 있고 행복하고 알찬 열매가 영그는 사회를 만들어 우리 후손들에게 영광스러운 대한민국을 물려주고 복되게 살 수 있는 터전을 만들어 주어야 할 것이다.

결론으로 짐승인 독수리도 변신을 시도한다. 우리 인간은 보다 나은 삶을 위해 창조적 전진을 끊임 없이 해야 할 것입니다.

일, 십, 백, 천, 만에 대하여

어느 가을날 성원교회에 나가는 65세 이상 되는 집사, 권사, 장로, 원로목사, 평신도인 저를 합하여 한 10여명이 강화로 가을야유회를 갈 때의 일인데 차를 타고 가던 중 일행 중의 한 분이신 지정일 장로께서 위의 일, 십, 백, 천, 만에 대하여 이야기하셨는데,

일은 하루에 좋은 일 한번 하고, 십은 하루에 열 번 남을 칭찬하고, 백은 하루에 백자의 글을 써야 하고, 천은 하루에 천자 이상의 글을 읽어야 하며, 만은 하루하루에 만보 이상을 걸어야 한다는 것입니다.

가만히 들어보니 재미있는 이야기 같지만 수신제가 치국평천하를 이루는 아주 주요한 요소라고 생각되기도 하고, 인간의 육체 유지에 필수 요소가 되는 건전하고 굳건한 건강을 유지하는 데는 우리 인생의 삶을 사는데 생의 필수 요소라고 생각되었으며, 정말 실천하기란 그 매우 어려운 일이라고 생각 되었습니다.

첫째, 일인 하루에 한 번씩 선한 일, 즉 좋은 일을 하라는 것인데 그날 그날 삶에 바쁜 오늘날에는 그 실행과 실천이 쉬운 일만은 아니라고 생각됩니다.

그래도 어려운 현실 사회에서도 좋은 일을 하는 사람이 있기 때문에 이 사회는 살만한 사회라고 하는 이야기를 들은 적이 있습니다.

어느 날 신문 기사에서 아래와 같은 기사를 읽어 본 적이 있습니다. 이 사회의 빛과 소금이 되기로 결심한 기부천사로

유명한 가수 김장훈(40)은 상금에 주머닛돈을 보태 3억을 불우한 이웃을 위하여 내놓았으며, 지난 9년간 30억 원을 가난한 이웃을 생각하는 기부로 헌신을 했다고 합니다.

이 3억의 기부금을 살펴 보면은 아산사회복지재단이 준 사회봉사상 상금 5,000만원과 그 동안 벌어 놓은 2억5,000만원을 더했다고 합니다. 그렇게 기부하면서 남을 위해 돈을 쓰면 내가 행복해진다고 했습니다.

그리고 기부자 김장훈 가수는 돈을 벌어서 좋은 차도 타보고 비싼 물건도 사봤지만 공허하고 해서 기부하면서부터 정말 인생이 행복해지고 두려움도 없어졌다고 합니다. 이와 연관하여 필자도 새마을운동중앙연수원 교수로 재직 시 1990년대 초 고향 김천시 증산면의 모 불우어린이를 위하여 지금 김천신문 편집국장을 하고 있는 권숙월 국장과 같이 가서 하기 특별휴가비 300,000원 전액을 희사한 적이 있는데 내 일생을 두고 잘한 일이라고 생각됩니다.

이 세상은 권력이 높고 돈이 많지 않은 사람들이 오히려 어려운 남을 돕고 자원봉사를 한다는 이야기를 많이 듣고 있습니다.

둘째는 십인데요, 이것은 하루에 10번 이상 칭찬하라는 이야기인데 실행이 여간 어려운 것이 아니겠으나 정신적인 각오만큼은 칭찬은 꼭 하지 않더라도 공손하고 부드러운 말씨로 웃으면서 이야기한다는 것이 중요한 것 같습니다.

필자도 주례를 설 경우 이야기하는 대목 중에 결혼 후에는 상대방의 인격을 존중한다는 차원에서 단점보다는 상대방의 장점에 대하여 주로 이야기하며 그 장점에 대하여 칭찬하는 평상심을 기르는 것이 매우 중요하다고 생각하고 있습니다.

그렇게 하면서 단점에 대하여는 추가로 보완해 나가는 것이 필요하다고 생각됩니다.

그래서 상록수 문학지에 **이부경 시인**이 시의 제목으로서 **"보석보다 귀한 칭찬"**이란 시를 쓰셨는데 몇 줄 적어 보겠습니다.

시(詩)

우리는 서로 칭찬할 자격과
칭찬 받을 자격을 가지고 태어났다.

칭찬할 솜씨는 무한량인데
무한량의 솜씨를 인색하게 아끼며 산다.

칭찬은 보석보다 귀한 무형의 자산인데
그 귀한 보물을 쓸 줄도 베풀 줄도 모른다.

칭찬 받는 마음엔 사랑과 기쁨이 넘치기에
그 사랑 되로 주고 말로 받는 칭찬의 열매 된다.

칭찬하는 솜씨는 원수를 내 편 만들고
악마의 심성을 천사로 바꾸는 지혜를 얻는다.

칭찬하는 심성은 거친 사회의 향기가 되나
칭찬 없는 심성은 거친 황무지의 잡초가 된다.

필자도 이제 나이가 드니 어린 손녀와 손자와 마주치는 일이 있는데 칭찬하면 좋아하고 야단치면 싫어하는 기색이 명명하다. 하물며 어렵고 가박하고 힘들게 사는 이 사회에서 자신을 절제하고 상대방을 칭찬하는 일이야말로 이 사회의 빛과 소금이며, 사회 발전의 원동력이요, 명랑 사회 건설에 필수요소라고 생각되는 것이다.

셋째는 백인데요, 하루에 백자 이상의 글을 써야 한다는 것이지요.

필자는 평생을 일기를 쓴다고 하는 이야기를 종종 듣고 있는데, 하루의 일과를 정리하는 저녁 시간, 오른 하루를 반성하고 앞으로의 방향을 결의하는 하루하루 힘들더라도 일기를 쓰는 마음을 갖는 것은 인생의 삶에 큰 도움이 되리라고 봅니다.

필자도 시(詩)작을 한다든지, 수필을 쓰기 위해 틈틈이 노력하면서 하루 100자 이상을 써야 하기에 많은 노력을 하고 있습니다. 어떤 날은 시(詩)를 한 줄을 쓰기 위해 펜을 들고 방황할 때가 종종 있습니다.

넷째는 천인데요, 이것은 하루 1,000자 이상은 글을 읽으라는 것입니다.

이것은 인간은 누구나 자기가 관계하는 직업, 직종에 따라서 관계 교양서적을 읽다 보면은 무난하게 할 수 있다고 생각되는데 아침 일찍, 저녁 늦게라도 힘들지만 습관을 키워 나가야 할 것입니다.

필자는 평생을 통하여 버스, 기차, 전철을 탈 때에는 필히 봉투에 책을 한 권씩 넣어 읽고 있습니다. 다음날을 위하여 하루 전에 미리 봉투에 책을 넣어 놓기까지 합니다.

책에 관한 중독증인지는 모르지만 이렇게 하지 않으면 참으로 시간이 지나면 후회되고 마음이 아픕니다. 요사이 간혹

대서점의 대문짝만한 프랭카드에는 사람이 책을 만들고, 책은 사람을 만든다는 표어가 붙어 있는 것을 볼 수 있습니다. 필자가 읽은 책으로는 시드니 셀런이 지은 '영원한 것은 없다'와 앙드레지드의 '좁은 문' 같은 책은 인간의 교양서로서는 권하고 싶다. 흔히들 인생은 연극이라고 말하는 사람이 있고 하지마는 인생은 책이라고 하고 싶습니다.

책 속에는 우리 인생의 갈 발향을 잘 인도하는 길잡이가 되고 있기 때문이라고 생각한다. 필자는 정기간행물인 월간문학, 시문학, 농민문학, 현대시행발간시집, 상록수 문학집, 관악문학집, 김천문학지 등등

하루 200자 원고지 10장 이상은 읽으려고 노력하고 있습니다.

다섯 번째는 만인데요, 하루에 만보 이상 걸으면 건강에 좋다는 이야기인데 현대인은 이것을 모르는 사람은 없습니다. 이것은 사실 실행하기가 어렵고 현대인들이 주로 승용차를 타기 때문에 걷는다는 것이 용이한 문제는 아닐 것입니다.

이것도 부지런하면 아침 일찍 기상하고 퇴근 후에 할 수 있다는 것이지마는 어려운 점이 따르고 있습니다. 국내 심장병 분야의 권위자이신 이원로 일산백병원장이 걷기를 통한 환자치료에 나섰다고 합니다.

걷기는 달리기와 함께 대표적 유산소운동이며, 유산소 운동을 하면 고혈당, 당뇨, 고지혈증, 비만을 조절하고 동맥경화를 방지할 수 있어 심장병과 뇌졸중(중풍) 예방효과가 있다고 합니다.

게다가 근육과 관절을 튼튼히 만들고 골다공증도 예방하고 심리적으로는 좋은 영향을 미쳐 불안과 우울증, 불면증을 감

소 시키고 자신감을 가지고 이 인생을 살게 한답니다.

걸을 때 허리를 똑바로 세우고, 배를 내밀지 않은 상태에서 반듯한 자세로 몸에 무리하게 힘을 가하지 않고 자연스럽게 해야 한다고 합니다.

속도는 한 시간에 4km, 1분에는 80~120걸음, 걷는 속도랍니다. 속보는 시간당 6km 1분에 140걸음으로 걸으면 됩니다. 일반인 기준으로 하루 7,900~8,600걸음을 걸으면 최소한의 운동효과가 있으며, 걷기를 처음 하는 사람들은 매일 30분이 적당하고 1분에 80~120걸음을 걸을 때 30분이면 2,400~3,600걸음을 걷고, 이후에 조금씩 늘리면 무리가 없다고 합니다.

필자도 겨우 480~6,000걸음을 하는데도 무척 힘이 듭니다. 그러나 시작은 반입니다. 모두가 동참하신다면 더 밝은 미래를 건설할 수 있는 굳센 육체를 견지할 수 있을 것 같습니다. 우리 모두 10,000보 걷기 운동에 동참합시다.

주례사

입춘이 지나고 우수 경칩이 지난 만물이 소생하는 호 시절, 봄의 생동감이 꿈틀꿈틀 활기를 찾으며 약동하는 좋은 절기를 맞이 했습니다.

오늘 바쁘신 가운데서도 오늘 신랑과 신부를 축하해 주시기 위하여 왕림하여 주신 귀빈 여러분들 진심으로 주례자로서 가족을 대표하여 감사의 말씀을 올립니다.

오늘 결혼식을 하는 신랑, 신부는 일생을 통하여 극진한 사랑으로 점철된 어머니의 수고를 통하여 사랑과 희생, 헌신을 터득해 왔으며, 또한 아버지의 고생 하시는 모습을 보면서 독립심과 책임감을 배워왔습니다. 오늘을 기점으로 지금까지 이 부모님의 은덕을 다시 생각하는 시간이 되었으면 감사하겠습니다.

신랑, 신부님, 유명한 교육학자 존 듀이는 우리 인생이란 끊임 없이 오르는 산이라고 했습니다. 더 이상 오르고자 하는 산이 없을 때 우리 인생은 끝나고 만다고 했습니다.

산을 오를 때는 가혹한 눈보라와 바람이 일 때도 있고, 궂은 비가 내릴 때가 있습니다. 이 산을 오르는 여정을 묵묵히 인내하고 참아야 하는 것이 우리 인생이고 오늘 결혼하는 신랑, 신부가 앞으로 나아가야 할 인생길이기도 합니다.

이 험난한 인생 길에서 인생의 중요한 교훈인 성실성과 창의력을 길러야 되는 것입니다. 어떤 통계를 보니까 젊은이들에게 우리 인생을 사는데 가장 필요한 것이 성실성과 창의력이라고 했습니다. 주례자는 인생 선배로서 오늘 영광스러운 결혼식을 하게 되는 신랑, 신부에게 몇 가지 말씀을 드리겠습니다.

첫째, 가장 중요한 것은 믿음과 사랑과 존경이라고 하겠습니다. 인생에서 참된 영속적 결혼 생활을 하기 위해서는 서로가 존경하는 마음이 없으면 이루어질 수 없다고 했습니다. 서로가 존경하는 진실성이 없으면 여기에서 믿음과 사랑이 태동할 수 없다는 것입니다.

일생을 통하여 부부는 거짓 없이 서로의 존경과 믿음과 사랑이 필요한 것인데, 여기에는 서로 한 발자국씩 물러나 양보하고, 이해하고, 대화하는 마음이 필요한 것입니다. 세계 인구 60억이 넘는 사람 중 부부로 만났다는 것은 보통 인연이 아니기 때문입니다.

한가지 예를 들겠습니다. 유명한 중국시인 소동파는 잘 알려져 있지마는 그 부인을 아는 사람은 적습니다. 그러나 부인은 남편 소동파를 위하여 소동파 시인의 친구가 찾아 오면은 눈치를 채고 술상을 마련하기 위하여 머리를 잘라 팔았다고 합니다. 소동파를 극진히 사랑한 그 부인이 임종 때에 한 말은 만고에 심금을 울리는 유언을 남겼습니다.

"죽으면 없어질 머리 타래를 지니고 죽는 것이 마음에 걸린다고"

두 번째는 부모님께 효도하고 형제간에 우애 있게 지내는 것입니다. 은중경에서 말씀 하시기를 부모가 자식을 키우는 데는 여덟 섬, 너 말의 피와 정력이 소모 된다고 했으니 부모님의 은혜를 갚기 위해서는 신명을 바치고 효성을 다해야 한다고 했습니다. 父不憂心 因子孝라고 해서 부모가 근심하지 않는 것은 아들이 효도하기 때문이라고 했습니다. 또한 夫無

煩惱 是妻賢이라고 해서 남편이 번뇌하지 않는 것은 현명한 부인 덕분이라고 했습니다.

세 번째는 영국의 대문호 세익스피어는 인생은 연극이라고 말하면서 인생의 3대 요소를 무대, 배우, 줄거리라고 했는데 오늘 결혼하는 신랑, 신부는 일생을 통하여 훌륭한 주연 배우가 되어 이 인생의 무대에서 끊임없이 좋은 이야기를 엮어나가야 합니다.

네 번째는 일생을 통하여 금슬이 좋게, 행복하게 살아야 합니다. 금슬이란 부부의 마음이 하나가 되어 사이가 좋다는 것을 말하는 비유어로서, 금(琴)은 거문고, 슬(瑟)은 비파를 말하며 금슬로 합주하면 소리가 잘 맞아 아름답고 즐거운 분위기를 자아내는 데서 생겨난 말로서 부부가 마음을 합쳐 인생을 참되게 사는 것을 이르는 말입니다.

다섯 번째는 무성무불입니다. 이 말은 인생에서 성실하지 않으면 아무 것도 이룰 수 없다는 것입니다.

성실에서의 성(誠)은 중국 북송 사절의 유안세라는 학자가 사마광에게 5년 동안 배운 것이 성(誠)이라 했으니 성실이 얼마나 중요한지 쉽게 이해가 갑니다.

여섯 번째는 인생은 계획표를 세워 기록하고 반성하고 좀 더 나은 길을 택해 일보 전진하는 것입니다. 주로 인생 계획의 3단계라고 말합니다.

하루의 계획은 아침에 일찍 일어나라는 것이고, 미국에서 좋은 차를 타고 다니는 사람은 아침 일찍 출근하는 사람들이라고 합니다. 일년의 계획은 봄에 세우고, 10년 이상의 장기적인 계획은 뒷동산에 밤나무를 심으라고 했습니다.

이제 주례사의 마지막을 정리하겠습니다. 영국의 성직자 토마스 플러는 결혼 전에는 두 눈을 크게 뜨고 보라, 그러나 결혼 하고 나서는 한쪽 눈을 감으라고 했습니다. 장점은 더욱 발전시키고, 단점은 서로가 보완하라는 것입니다.

그 다음에는 결혼 후에는 양가 친척이 따릅니다. 매사에 친인척 관리에 신경을 쓰고 헌신하는 태도입니다. 어느 젊은이가 톨스토이에게 물었습니다. 인생은 어느 때가 중요하냐고? 인간은 현재 위치하고 있는 지금이 중요한 시기이고, 현재 관계하고 있는 사람들과 유대관계, 그리고 봉사하는 것이 중요하다고 했습니다.

사람이 죽을 때 후회하는 것이 3가지 있다고 합니다.

첫째는 재미있게 살았는가? 둘째는 주어진 여건에 충실하게 살았는가? 셋째는 나누어 갖는 삶, 봉사활동을 하였는가 입니다. 인생은 왕복표를 발행하지 않습니다. 독일의 철학자 하우프트만의 말대로 '오늘이 최초의 날이요, 최후의 날' 같이 살아야 할 것입니다.

오늘 이 결혼식을 축하해 주기 위하여 참석하신 여러분의 가정마다 만복이 깃들기를 진심으로 기원합니다. 감사합니다.

위의 글은 인생을 통하여 고향 분들을 위해 김천과 구미에서 많은 주례를 했습니다. 대구와 서울에서도 주례를 했습니다. 필자가 주로 많이 한 말을 대표적으로 뽑아 보았습니다.

유아무와인생지한(有我無蛙人生之限)

때는 꽃피고 새 우는 봄날이었습니다. 역사적으로 한번 생각
해본다면 고려 말 어느 날이었습니다.

어느 날 나라의 임금님께서 민간 사복으로 평민 복장을 하고
어느 시골마을을 지나게 되었는데 어느 집 앞을 수행원 한
사람 없이 혼자 지나시게 되었는데 어느 선비의 집 대문에
有我無蛙人生之限(유아무와인생지한)이라는 큰 붓글씨를
대문에 붙여 놓아서 읽어보게 되었습니다. 그래서 민간 평민
복장을 한 임금님은 아무리 생각해도 그 뜻을 이해할 수 없
어 하룻밤을 자면서 그 내용을 물어 볼 생각이었으나 그 선
비는 일언지하에 이런 누추한 집에는 하룻밤 숙식을 할 수
없다고 완곡히 거절하였습니다.

그래서 임금님은 아무리 사정을 해도 하룻밤 기숙하는 일을
득하지 못하여 그 선비 집을 하는 수 없이 나와서 그 마을에
있는 주막을 발견하고 주모에게 술을 시켜서 한잔 들면서 저
쪽 모퉁이 길 쪽에 있는 집 대문에 유아무와인생지한(有我無
蛙人生之限)이라고 대문에 붙여놓은 집이 있다고 말하니까
그제서야 주모의 하는 말이 가난한 그 집 선비는 여러 번 과
거를 응시해서 떨어진 사람이라고 하는 이야기를 듣고 술 한
잔을 다 먹고 난 다음 다시 왕은 그 선비의 집을 찾아 재차
찾아가서 여러 가지로 죄송하지마는 노자도 떨어져가고 곤
궁한 형편이니 하룻밤을 자고 가게 해달라고 사정을 해서 겨
우 허락을 받게 되어 왕은 그 선비의 집에 묵게 되었습니다.
지금 이순간까지도 그 집 선비는 하룻밤 숙박하기로 청하는

사람이 임금이라는 사실을 꿈에도 모르고 평민 사복을 입은 임금도 자기가 왕이라고는 절대로 말하지 않았습니다.

그 선비는 평민을 가장한 손님이 드디어 유아무와인생지한 (有我無蛙人生之限)의 뜻이 무엇인지 물어 보았습니다.

그제서야 그 선비는 그 뜻을 이렇게 이야기 했습니다. "그 뜻의 내용은" 나는 있는데 개구리가 없는 것이 인생의 한계라고 말하면서 그 선비는 그 내용을 이렇게 이야기 하게 됩니다.

어느 날 꾀꼬리와 까마귀가 노래 시합을 하게 되었습니다. 상식적으로 꾀꼬리의 아름다운 노래 소리를 까마귀가 이길 수 없다는 사실은 그 누구라도 알고 있는 일입니다.

정식으로 현 상태로 시합을 하면 까마귀는 절대 이길 수 없다는 것을 까마귀는 절실히 깨닫게 됩니다. 그리고 이 노래는 심판을 뜸부기가 맡게 되었습니다.

기다리고 기다리던 중 어느 날 이제 노래 시합날이 다가오게 되었습니다. 노래 시합 당일 날 시합 직전 꾀꼬리와 까마귀가 서로 노래할 준비를 하고 있던 중 도저히 실력으로는 이길 수 없다는 것을 짐작한 까마귀는 심판관 뜸부기에게 잠시 시간을 좀 달라고 해서 허락했습니다.

조금 있으니 들, 논에 나가서 까마귀는 개구리를 다 잡아와서 뜸부기에게 모두 주게 됩니다. 그리고 꾀꼬리와 까마귀는 노래를 부르게 됩니다.

모두들 꾀꼬리 우승이라고 생각하고 있는데 뜸부기는 우승자를 까마귀의 손을 번쩍 들어주었습니다.

이렇게 그 선비는 아주 진실되게 이런 이야기를 하면서 뜸부기가 뇌물을 먹고 우승자를 잘못 뽑았다는 것입니다. 이렇게 이야기하면서 그 선비는 저는 여러 번 과거를 봐서 열심히 했는데도 다 떨어졌다 하면서 과거라는 것도 가문이 좋은 사람, 재물이 많은 사람, 권력이 있는 자는 실력은 없으면서 뇌물로 합격하곤 하는 한심한 세상이라고 하면서 관리들의 매관매직 부패행위를 맹렬히 비난했습니다.

이 말을 들은 평민 사복을 입은 왕은 자기도 한양에 과거시험을 보러 가는 중이라고 하면서 언제쯤 한양에서 과거시험 있는 날 만나자고 하면서 헤어졌습니다.

그런데 어느 날 정해 진 날 그 선비는 한양에 와서 과거시험장에서 과거시험을 보게 되었습니다. 그런데 그날 과거시험의 주제는 유아무와인생지한(有我無蛙人生之限)이란 문제가 출제되었습니다.

과거시험을 보러 온 수많은 선비들은 모두 몰라 어리둥절 하는데 그 선비는 그 과거시험에서 장원을 하게 됩니다.

이는 그날 밤 하룻밤 같이 했던 사람이 왕이라는 사실은 꿈에도 몰랐고 그 왕은 과거 제목을 유아무와인생지한이라는 제재를 시험관에게 주었던 것입니다.

이 장원에 합격한 선비가 바로 유명한 고려 말의 대학자(문인) 이규보입니다. 지금 이 내용을 볼 때 고려 말 그 당시에도 부정부패가 많았고, 오늘날 이 사회 각계각층의 고위직에 있는 사람들의 끝이 없는 뇌물수수와 부정을 보는 것 같아 인생 삶의 쓸쓸함을 보는 것 같아 안타까움이 있습니다.

고려 말 이규보는 그 당시 부패한 관리들의 매관매직과 부패상을 빗대어 한 말일 것입니다. 현재의 우리 사회를 가만히 관조해 보면은 정말 초 고위 공직자의 부정부패가 어렵게 생활하고 있는 대다수의 국민들의 의욕을 상실하게 하고 있습니다. 현직 국세청장이 부하직원으로부터 거액을 받아 구속

됐는데 월세처럼 정기적으로 받아 챙긴 것이 거의 상납 수준이고 떡값은 뇌물이 아닌가? 뇌물인가?

학교 교사가 입시문제를 빼돌린 사건, 억대의 돈을 매개로 대학편입학 흥정이 오가고, 학력을 속여 대학교수가 되고, 국가보훈처의 고위공직자는 서류를 위조, 국가유공자자격을 딴 후 자녀들의 학자금과 취업 혜택을 받았다는 이런 비뚤어진 현실과 기강은 차마 개탄할 일이 아닐 수 없습니다.

정치는 염치도 윤리의식도 없이 정당은 이합집단으로 국민을 현혹시키고 눈 속임을 하고 있으니 정말 한심할 뿐입니다.

고려 말 대학자 이규보의 유아무와인생지한(有我無蛙人生之限)의 말은 오늘 우리시대 상황을 보는 것 같아 못내 아쉬움이 짙게 국민들의 마음을 아프게 하고 있습니다.

(이 자료는 성원교회 지정일 장로님께서 귀중한 자료를 협조하셨습니다.)

인생을 어떻게 살 것인가?

유재신 박사는 '조건 없는 사랑'이라는 책의 머리말에서 이렇게 이야기하고 있다.

중국 고전에 나오는 얘기인데 칠순 노인이 산 아래에서 열심히 흙을 파내고 있었다. 지나던 신선이 이유를 알 수 없다는 듯 "노인장, 무엇을 하시오?" 하고 물었다.

"이 산을 깎아서 논을 만들고자 하오"

"허허허, 노인장은 기력도 쇠잔해 보이고 돌아가실 날도 가까운듯한데, 언제 이 산을 다 깎아 낸단 말이오."

"내가 못하면 아들이, 아들이 못하면 그 아들이 하면 될 것이오. 이 산은 반드시 논이 될 것입니다."

이 이야기는 자기 소명에 충실한 미래지향적이고 긍정적인 사고의 인간을 염두에 둔 교훈이 아닌가 싶다.

이 말에서 우리 인간은 큰 교훈을 얻는다. 사람으로 이세상에 태어나서 해야 할 일이 태산 같이 많고 이를 선별해서 하나하나 차근차근히 해 나가야 하고 한번에 많은 일을 해내겠다는 욕망을 버리고 침착하게 자기 맡은바 일을 긍정적으로 처리해 나가야 한다는 뜻일 것이라고 생각한다.

인간이 생을 살아가다가 보면은 큰 일을 당했을 때 인간의 마음이 큰 변화가 생기는 것을 볼 수 있다. 어떠한 경우인가 한번 살펴본다.

사람은 같이 살던 배우자가 죽었을 때 100%의 변화가 생길 수 있고, 부부가 이혼할 시에 73%, 임신 시 40%, 이사를 갈 시 25%, 크리스마스 계절에 12% 등등이라고 한다.

인간이란 어떠한 곤경에 처할 때 일수록 가슴에 손을 얹고 다시 한번 진로를 어떻게 헤쳐나갈지 생각해 보는 것이 꼭 필요하다고 생각한다.

인간은 이세상에 태어나서 스스로 행복을 찾는다. 그렇다면 어떻게 살아야 할 것인가?

인간이 행복추구에는 세 가지 형태가 있다고 하는데,

첫째는 이성을 통한 행복의 추구

둘째는 권력을 통한 행복의 추구,

셋째는 물질을 통한 행복의 추구라고 한다.

그러나 위의 3가지 요소는 인간의 부질없는 욕망일 뿐 삶의 진정한 행복을 추구하는 방편도 아니고 그 방법도 아니란다.

이성을 통한 행복과 사랑도 쉬이 갈등과 다툼을 야기하고 행복과는 먼 거리에 있다는 것이다. 다음 권력도 행복 추구의 진정한 목적이 될 수 없다는 것이다.

화무십일홍이요, 권불십년이란 말과 같이 행복과는 먼 거리에 있다는 것이다.

다음은 물질을 통한 행복 추구인데,

돈, 즉 부자라는 것도 행복과는 거리가 멀다는 것이다.

예를 하나 든다면

1982년 미국 캘리포니아의 석유 재벌 훼릭스 채패렛 부부가 권총 자살을 해서 충격을 준 일이 있다. 그들이 남긴 유서의 끝부분에 더 이상 꿈이 없다라고 적혀있다. 그들은 돈을 버는 게 꿈이요, 이상이요, 목표였는데 막상 돈을 벌 만큼 벌고 보니 인생살이가 허망하고 할 일이 없어서 이생을 살고 싶은 의욕을 잃고 결국 죽음을 택한 것이라고 볼 수 있다.

인간은 사랑하는 이성에서, 그토록 갖고 싶은 권력에서, 돈

(부)에서 인간은 행복을 찾을 수 없다는 것이다. 그렇다면 이 인생의 목표는 어디에 두고 어디에 마음을 바쳐 귀중한 우리의 인생을 걸까에 도달하게 된다.

영화롭고 화려하게 보이는 것들도 잠시뿐, 풀은 시들고 꽃은 다 떨어진다는 것이다. 정말 눈에 보이는 이성의 사랑, 권력, 돈은 잠시 있다가 사라지고 허무한 형체를 남길 뿐이다.

영원한 생명과 영광과 빛을 충만하게 주시는 분은 하나님 뿐이다.

보이지 않는 하나님께서는 이세상에서 소외되고 불쌍한 모든 사람에게 진정 죄를 사하고 믿기만 하면 긍휼히 여기시고 복을 주신다.

하나님의 축복을 받으심으로써 길이 없는 곳에 훌륭한 길을 만들고 장벽을 뚫어주시며, 골짜기를 바꾸어서 대자연의 평원을 만들어 인간이 복되게 살게 하신다.

어려운 이 시기에 마음을 가다듬고 기도하는 마음을 갖는다면 분명 하나님은 축복을 주실 것입니다.

발상의 전환이 필요한 때

지금 세계는 글로벌 스탠더드 시대이며 가혹한 경쟁의 국제화 시대입니다. 하루가 다르게 급변하는 현실 속에서 보다 나은 내일을 창조하고 인류 복지를 실현하기 위해서는 결코 현실에 만족할 수 없는 것이고, 현재 처한 위치에서 적극적인 발상의 전환 자세가 한층 요망된다고 하겠습니다.

참으로 세계는 넓고 할 일은 많고 국제적, 국내적으로 상황에 신속하게 대처하기 위해서는 적극적인 사고방식이 그 어느 때보다 필요하게 되어 있고 잠시도 멈출 수 없고 점진적 미래형 사고를 가지지 않고는 살 수가 없게 되었습니다.

발상의 전환에 방해가 되는 요소는 어떤 것이 있는가 알아보기로 하고 이런 것은 과감히 벗어 던져야 합니다.

첫째는 부정적 사고입니다. 열심히 노력하거나 실천해 보지도 않고 덮어 놓고 되지 않을 것이라고 자의적으로 잘못 생각하는 것입니다.

둘째는 비관적 사고입니다. 이것은 맑고 희망적인 생각보다는 어둡고 절망적인 면을 너무 강조하는 것입니다.

셋째는 독선적 사고입니다. 내가 하는 것은 옳고 나 외에 다른 사람들이 하는 것은 전부 엉터리고 잘못됐다는 것입니다. 이러한 교만과 아집은 화합과 단결을 깨고 건전한 사회 발전에 지대한 방해가 된다고 하겠습니다.

넷째는 좁고 제한된 편협, 편향된 건전하지 못한 생각입니다. 이것은 우물 안 개구리 같이 넓은 생각과 넓은 도량을 가지지 못합니다. 바깥 세상은 전혀 모르는 것이고, 숲을 보지 못하고 나무만을 보는 부분만을 주장하는 아주 속 좁은 생각입니다.

위에서 건전한 사고를 하는데 어떤 것이 방해가 되는지 살펴보았습니다. 이 어렵고 복잡한 세상을 능동적, 진취적으로 살기 위해서는 위에 열거한 부정적 관념은 모두 떨쳐 버려야 하겠습니다.

미국의 사상가 에리히 프롬은 「소유냐, 삶이냐」라는 책에서 성공과 행복을 두 가지 측면에서 설명하고 있는데 한 가지는 인간이 소유의 욕구가 충족될 때에 즉 재산이 많고 높은 직위, 명예 등을 소유할 때이고 다른 하나는 소유는 못해도 어려운 사회에 기여하는 삶 봉사로서 인류사회에 이바지하는 자원봉사로서의 삶을 영위할 때 성공한 삶 행복한 삶이라고 생각한다고 했습니다.

그러나 위에서 두 가지 중에서 어느 것을 더 우위에 둘지 발상의 전환적 사고 가치를 가질 때에만 우리 인류는 더 행복해 질 수 있다는 것입니다.

다시 말을 한다면 한때의 성공이 결코 인생의 승리자가 아니라는 것입니다. 인류 역사와 인생은 아래의 경우, 즉 인생의 참 성공은 돈 많이 벌고 높은 직위에 오르는 것이 아닌 자원봉사와 솔선수범, 회생, 불우한 이웃에 대한 베풂과 기여의 편에서 참 삶의 자세에 대한 높은 평가를 주어야 한다는 것입니다.

선진국이라고 말하는 영국의 사교육의 목표가 불우한 이웃을 어떠한 방법으로 돕고, 기여하고, 잘 살 수 있도록 하고, 억울한 사람이 없도록 한다고 하는 데서도 우리는 그 뜻을 이해할 수 있습니다. 그래서 우리 인간이 현실에서 안주하고 주저앉고 마는 것은 그야말로 실패가 뻔한 사실입니다.

하루하루가 자기 주위를 빽빽히 어려움이 꼼짝 못하게 포진하고 있다고 하더라도 이를 물리칠 수 있는 신념과 용기가 필요하고 매시간 시간마다 미래를 보는 자세를 정확히 갖추기 위해서는 '발상의 전환'이 우리 인생에 있어서는 꼭 필요하다는 것을 잠시도 잊고 살아서는 안될 것입니다.

피카소는 대중의 열광에 안주하지 않고 끊임없이 창의와 부단한 노력과 실험, 변신을 거듭하며 앞으로 전진해 나갔습니다. 곡예사를 즐겨 그린 그는 예술가의 정신은 한 곳에 머물 수 없다 하여 낯선 새로운 땅을 찾아 부단히 떠나야 하는 곡마당의 숙명을 지니고 있다라고 말했습니다.

피카소가 아비용의 아가씨들을 그렸을 때 동료와 비평가들은 실망과 분노로 등을 돌리고 당대 최고의 화상 볼라르는 피카소의 신작 매입을 중단하겠다고 홍보했습니다. 그러나 어떠한 비난과 역경 속에서도 꿋꿋한 의지를 조금도 흐트러지지 않는 발상과 전환의 작업 끝에 훗날 그가 만든 작품은 입체주의 미술의 출발점이다. 현대미술의 효시로 역사적으로 영원히 평가 받고 있는 것입니다.(피카소라는 말은 K옥션 대표이사 김순응 글에서 인용)

한 가지 예를 들면 왜 사람은 사고의 틀을 바꾸지 않는지 아니면 발상의 전환을 하지 않는지 예를 하나 들어보겠습니다. 수필가 김양일 선생은 인생을 '인생은 어떻게 살 것인가?'라는 수필에서 이렇게 말하고 있습니다.

1982년 미국 캘리포니아의 석유 재벌 훼릭스 채패렛 부부가 권총 자살을 해서 충격을 준 일이 있다고 말하고 있습니다. 그 내용인즉, 그들이 남긴 유서의 끝 부분에 "더 이상 꿈이 없다"라고 적혀 있었습니다.

그들은 돈을 버는 게 꿈이요, 이상이요, 목표였는데 막상 마지막에는 돈을 원했던 만큼 벌고 보니 인생살이가 허망하고 할 일이 없어서 살고 싶은 의욕을 잃고 결국 죽음을 택한 것이라고 합니다.

분명 이들은 인생의 목표를 잘못 잡았고, 돈을 많이 벌어서 그 힘들게 번 돈을 불우이웃을 돕는다는 봉사와 자선의 베푸는 삶이 어떤 삶인지 전혀 이해하지 못한 사람이고 돈을 많이 벌었던 시점에서 다시 사고의 틀을 바꾸는 즉 발상의 전환을 하여 밝고 명랑한 사회 발전을 위하여 가난한 이웃, 이웃에게 복지를 줄 수 있다는 인생의 더 큰 목표를 알지 못하였다고 할 수 있습니다.

요사이는 하루가 몰라보게 급변하고 모든 국내적, 국제적인 사정이 엄청나게 달라지고 있습니다.

이에 우리는 정치, 경제, 문화, 예술 등등 모든 분야에서 보다 점진적이고 진취적이고 발전적인 미래의 보다 나은 삶을 위해 현재의 하고 있는 직장, 하고 있는 일에서 사고의 틀을 바꾸는 시대에 맞는 발상의 전환이 어느 시기보다 요망되는 현대에 살고 있다고 하겠습니다.

새마을운동은 계속되어야 한다

새마을운동만큼 국가 발전에 획기적으로 기여한 운동도 없을 것으로 생각된다. 70년대 초 가난을 벗어나 우리도 한번 잘 살아보자고 박정희 대통령에 의하여 주창된 운동이다.

마을마다 횃불을 밝히고 모든 마을 주민이 일치단결하여 함께한 새마을운동, 열화 같은 열정으로 전국적으로 확산되면서 엄청난 경제부흥운동과 소득증대를 가져왔다. 제가 새마을운동과 인연을 맺게 된 것은 1987년이다. 년 초에 우리 동기들은 지금 국제공항이 된 영종도에서 힘든 수 주간의 피눈물 나는 인내의 교육을 받고 1987년 2월경 지금의 성남의 분당구 율동에 있는 새마을운동 중앙연수원에 교수 명을 받고 근무하게 되었다. 교육기간에는 피교육생들과 같이 하는 합숙교육이기 때문에 교육이 끝나는 날까지는 밖에도 나올 수 없고 집에도 올 수 없다.

그러나 국가와 지역발전에 무보수로 헌신하는 남녀새마을지도자를 교육한다는 자부심으로 모든 정성과 열의를 새마을 남녀지도자 교육에 정열을 쏟을 수 있었다.

남녀 새마을 지도자 외에 전국의 각계각층의 고위공직자, 대학생, 기업체 간부, 중고등학생, 예비역 군장교반, 사법연수원생, 중고등학교 교사반, 문고지도자반, 통장반 교육, 기업체 직원정신교육 이렇게 여러 과정의 교육이 있었다. 우리 교수들은 교육 오시는 분들을 맞이할 때도 정성을 다하지마는 교육을 마치고 가실 때에는 교육관 앞 운동장에 모여서 버스에 오르면 아쉬운 석별의 정을 잊지 못해 서로가 손을

흔든다. 부디 이 연수원을 떠나 가셔서는 지역발전을 위하여
헌신과 봉사, 열정을 다해 주시길 마음 속으로 기원해마지
않는 것이다.
이 지면을 통하여 새마을운동중앙연수원 교수로 근무 당시
연수원 새마을지에 게재했던 시 한 수를 기록해 본다.

아! 새마을운동 중앙연수원

정   창   운   시인

1. 조국근대화의 산실이며 초석된 지
아~아, 20년 이상, 그 풍진의 세월 속에서……
경기도 고양에서, 수원을 거쳐
성남의 율동 이곳 보금자리에까지
역사의 길, 지도자의 길에서 피땀을 흘리며
조국의 영광과 얼을 빛낸 일꾼들
희생과 봉사로 선두에 서서
헤아릴 수 없는 날들 조국의 선구자였으니
그대들의(새마을 남녀지도자) 피와 땀
조국의 영광과 더불어 영원하리
후손의 우리 자손과 같이 가리라
정녕 같이 가리라

2. 조국 한국의
새마을정신 교육의 도당에서
오고 가는 수 많은 그대 별들이여

민족의 으뜸가는 길을
외롭고 어려운 길을
쉬임 없이 계속하는
역사의 수레바퀴에
영원히
조국 향한 일편단심
깊이깊이 각인되리라

3. 아! 아!
영광과 권력의 우뚝 선 자리보다는
말 없이
아무도 알아주지 않는 밑바닥에서
그대, 애국의 일편단심
조국 위해 불태웠던
뜨거웠던 정성과 열정
조국의 걸음마와 같이
항시 같이 가면서
전진 하리라, 조국의 미래로!

4. 나아가리라. 쉬지 못할 것임이라.
아! 새마을운동 중앙연수원
민족 국민교육의 요람으로서
조국 대한민국의 운명
그 무궁한 역사와 함께 가리라
이곳을 떠나신 후(교육 마치고)
그대들의 발길이

이곳 부근에 머무를 때 쯤이면
영원히 숨쉬고 있을 새마을 역사 안에서
그대들의 추억을 다시 되새기고
분임토의 두루마리 다시 펼쳐보며
그대들의 값진
노력의 대가가
이곳에서 역사와 같이 가면서
호흡하고 살아 있음을 기억하리라

5. 그때쯤이면
새마을의 조국 향한 역사의 길은
무딘 서리와 오 욕과 외면의 길에서도
무던히 견디고 견디면서
앞으로도 국민 편에서 영원한 호흡을
국민교육의 도당이 되어 가기라.

특히 새마을 외국인 교육은 꾸준히 시행되어왔으나 새마을 중앙연수원에 국제사회 교육부가 개설된 후 국제교육이 더욱 활발하게 이루어졌다고 한다.
예를 들면 어느 해도 빠지지 않고 교육은 있었지마는 2006년 새마을중앙연수원은 11개 국가 1,382명을 대상으로 외국인 방문 및 합숙교육을 진행했다고 하니 정말 새마을운동이 세계사적 위치를 점하는 훌륭한 일이라고 하지 않을 수 없다.
특히 중국에서는 흑룡강 성장을 비롯한 중앙정부 재정부차관, 민정부차관 및 전직 외교부차관, 대사, 상부 부차관 등의 고위급 공무원이 새마을중앙연수원을 방문했다.

또한 20~40대로 구성된 중국 공청단원 약 330명이 2회에 걸쳐 연수원을 방문해 1일 교육을 받았고, 중국의 각 지역 텔레비전 방송국 및 신문매체의 인터뷰 방문이 수회에 걸쳐 있었다.

이제 새마을운동중앙연수원 운영 방향에 있어서 그 중점추진목표는 21C 새마을정신의 활성화인데 새마을 새 정신 새 나라 만들기 운동을 뒷받침하는 새마을운동가 양성 및 새마을정신의 현대적 의미 즉, 도전, 창조, 상생, 함양을 위한 민주시민교육을 확대한다고 한다.

아울러 자기 혁신으로 마을과 나라를 선진화 시키는 정예지도자, 육성에 중점을 두고 자율적 참여와 봉사정신을 실천하는 자원봉사자 양성에 한층 박차를 가할 것이다.

그리고, 국민화합과 건강한 사회를 만들기 위한 일류 시민의식의 생활화에 새마을운동은 앞장서서 이끌어나가고, 계도해 나가야 할 것이다.

앞으로 시대가 아무리 변한다고 해도 근면, 자조, 협동의 새마을운동은 국가발전의 선진화를 위하여 더욱 필요한 운동이다.

우리 대한민국이 1945년 일본으로부터 해방된 후 가장 자랑할 수 있는 것이 바로 새마을운동이라는 것은 자타가 용인하고 있고 1990년대 연세대총장 송자 교수께서도 아침 조찬기도회를 배워 해방 후 가장 자랑할 수 있는 것이 새마을운동이라고 말씀한 바 있다. 필자가 직접 확인하였다.

직접 송자 연세대총장(그 당시)에게 전화를 걸어 해방 후 우리나라가 가장 보람 있고 자랑할 수 있는 것이 새마을운동이라는 것도 직접 확인할 기회가 있었다. 이제 새마을운동은 온 국민이 함께하는 선진화 새마을 운동으로 국가 브랜드로 육성시키는데 온 국민이 힘을 합쳐 나아가야 하겠습니다.

마지막으로 이명박 대통령은 2008년 12월 11일 부평 삼산 월드체육관에서 거행된 전국 새마을지도자대회에서 치사를 통해 "근면, 자조, 협동이라는 새마을 운동의 기본정신은 시대를 초월해 요구되는 덕목이지만 이제 운동의 목표와 방식은 시대변화에 맞게 달라져야 한다."면서 "당면한 경제위기를 극복하고 선진 일류국가의 꿈을 이루기 위해 새마을정신을 계승하고 실천할 새로운 국민운동이 필요하다"며 공동체 운동, 국민의식 선진화 운동, 새마을혁명운동 등 선진화 3대 운동을 제안했습니다.

이제 새마을 운동은

경제도 살리고 위대한 대한민국의 꿈도 이루는 범 국민정신 운동으로 승화하는데 온 국민의 뜨거운 열정을 한데 모아 나아갑시다. 전국의 250만 전.현직 새마을남녀지도자 여러분 다시 한번 새마을운동에 온 열정을 바칩시다.

달랑고개 넘어 가던 길

고향마을 제석1리에서 얼마 떨어지지 않는 곳에 아주 어린 유년시절 초등학교 6년을 다닐 때 넘어 다니던 달랑고개라는 나지막한 고개가 하나 있다. 달랑고개 야트막한 고개 양편으로는 얕은 산으로 연결되어 있었는데 철 따라 각종 야생화가 울긋불긋 피어 아름다운 공원을 이루고 있었다. 왜 지금 이 나이에 와서 달랑고개를 이야기하는가 하면 고향마을에서 달랑고개 옆으로 신작로 길이 생기면서 중고등학교 다닐 때 추억의 달랑고개를 넘지 않았고, 그 후 고등학교를 졸업하고 대학을 다닐 때에는 꼭 달랑고개를 넘어서 다녔다.

이제 대학을 졸업하고 고향을 떠나 타향살이가 시작한 후로는 달랑고개를 넘어 보지 않고 지금에 이르고 있는 것 같은 애틋함을 느낀다. 지금도 달랑고개 너머 그 길이 있기나 한지 정말 한번 가고 싶은 길이 되었다.

추억의 달랑고개, 초등학교 2학년 시절을 기억되는데 하루는 학교를 파하고 오다가 같이 초등학교에 다니던 황금열이란 여학생이 있었는데 "황금열이 너 인물이 예쁘니 김종록이에게 시집 가거라" 이렇게 낙서했다가 학교선생님에게 발각이 되어 한번 야단맞은 적이 있고, 마침 그 남자선생님이 국사동 애기마을 고모님 친척 되시는 신 선생님이어서 도움을 받은 것으로 알고 있다.

화를 크게 받는 것을 면했다는 말이다. 수십 년이 흘러간 여럿 날이 주마등처럼 지금 노인에게 다가오고 펼쳐지고 있는 것이다.

또 한가지 사항은 초등학교 3학년 시절, 우리 마을에서 한 8km 떨어진 구미시장에 가신 어머니를 마중 간다고 오후 늦게 어둑어둑 해질 때 어머니 마중을 나갔다가 서로 길이 틀려 구미까지 간 일이 있는데 고향마을 집에서는 아들 창운이를 이제는 잊어버렸다고 야단법석이 나고 어머니께서는 울고불고 하셨단다.

그 당시 어린 나는 구미까지 먼 거리 20리를 가서 낮 모르는 사람의 집에서 자고 다음날 아침 일찍이 집으로 왔다. 그때 구미에서 하룻밤을 어머니 못 만나고 방랑하는 나를 따뜻이 맞이해 주신 분이 지금 생각하면 정말 고마운 분으로 생각된다.

중고등학교 가는 길은 달랑고개 옆 신작로를 이용했으나 아포초등학교 운동회가 있는 날이나 아포역 공터운동장에서 영화라도 상영하거나 서커스라도 공연하는 날에는 달랑고개를 너머서 다녔던 그리움의 추억이 있고, 또 아포면사무소 옆 공회당에서 면민 콩쿨대회를 할 때 사회를 볼 때에는 달랑고개를 너머 가기도 했다.

특히 고향마을 제석에서 대구에 대학을 다닐 때에는 그때 기차통학을 할 때인데 새벽이면 아들이 무서워한다고 우리 아버님께서 항시 달랑고개 너머 철길 가까운 곳까지 오셔서 대구학교 잘 다녀오라고 손을 흔들며 집으로 돌아가시던 뒷모습을 정말 한 없이 잊을 수가 없다.

아버지와 이별하고 대구까지 가는 통학열차를 타기 위해 아포역으로 갈 때 날은 어둡고 새지 않는다. 구미를 지날 때쯤 이제 겨우 날이 새기 시작한다.

이제 정말 고향을 떠난 지가 한 40년이 넘어 됐으니 정말 달랑고개 너머 길을 다닌 적이 아득하다. 지금 이 나이에 와서 그 길이 한없이 그리워진다.

봄, 여름, 가을, 겨울의 풍우를 견디면서 달랑고개 넘어서 아포초등학교 가는 길, 아포역으로 가는 길은 어떻게 되어 있을까? 참으로 한번 가보고 싶고 애틋한 영원한 추억의 길이 되었다.

한 평생을 통하여 잊지 못할 추억이 서려 있는 곳인 것 같다.

백구회의 가을여행

2007년 10월 11일 아침 08:30까지 서초구민회관 주차장에서 만나기로 약속이 되어 있었다.

오늘 모임의 명칭은 109회의 모임이다. 즉, 재경 109회 2기생들의 모임이란 말이다. 109라는 것은 우리 경북대 R.O.T.C 2기 동기 중 서울에 거주하는 동기생으로 구성되어 있는 모임이다. 그래서 백구회라고 하는데 지금의 국정원 옛 안기부, 중앙정보부에서 관리관으로 근무하다가 퇴직한 박갑규가 회장을 맞고 있다. 우리 백구회에는 군대의 대령출신, 중령출신, 대위출신들이 있고, 회사 중역출신, 주로 초.중.고등학교 교장출신이 많다. 지난 60년대 취업이 많이 어려워 취직을 하기 위해 사범대학을 택한 우리 동문들이 많았다고 하겠다.

1960년도 초 박정희 대통령 시절, 호시탐탐 남침하여 적화의 기회를 노리는 공산주의를 물리쳐야 하는 어려운 시기에 전국의 종합대학인 16개 대학에 대학 3, 4학년에 R.O.T.C라는 군사교육을 받고 졸업과 동시 육군소위로 임관해서 전후방 부대에서 소대장으로 근무한 경험을, 문무를 갖춘 우리 경북대학교 R.O.T.C 즉 109 R.O.T.C를 백구회라 하여 서울에 거주하는 동문으로 구성된 친목 모임인 것이다.

오늘 따라 날씨는 조금 흐리게 찌뿌듯하나 한결 가을 하늘은 흰구름이 떠 있고 띄엄띄엄 새파란 하늘 빛깔로 유난했다. 우리 회원들은 총총 여행용 배낭 같은 것을 둘러메고 혹은 들고 운동화에 모자를 눌러쓰고 간편한 복장에 모이기 시작

했는데 옛 소대장시절의 군인정신이 아직도 살아 있어 그런지 약속시간인 08:30분까지 거의 100% 16명이 다 모여 대형관광버스를 타고 자리를 둘이 앉는 자리에 한 사람씩 앉았다.

서울을 출발해 경북 울진군 지역으로 가면서 차 안에서는 총무를 맡은 중.고등학교 영어선생을 했던 배신의가 사회를 맡아 한 사람 한 사람씩 마이크를 각자의 지금껏 살아온 인생사를 고백하는 시간을 가졌다. 우리 회원 중 고등학교 교장 출신 장대형은 시골 남해의 수산고를 졸업 후 경북대 사범대학 다닐 시 계속 졸업할 때까지 입주가정교사를 해야 했던 어려웠던 추억의 지난 이야기를 할 때에는 우리 모두들 심정이 정말 어려웠던 1960년대 초라 많은 주마등 같은 일들이 영화의 흑백필름처럼 이 가슴속을 아프게 누르고 있었고 또 아프게 흘러갔다. 청와대 총무비서관으로 있다가 대한송유관공사 사장을(공기업) 하고 나온 이광영 동문은 사범대 일반사회과에 다녔으나 우리 법대에서도 강의를 들었는데 그 당시 법학과에 재학 중이던 본인이 아나운서가 되겠다고 자주 교육 시간 말미에 아나운서 멘트 하던 그때를 기억한다고 해서 본인은 옛 추억이 그리워지기도 했다.

한 사람 한 사람의 소개가 끝날 시간에는 경북 풍기IC를 지나 소수서원에 들리게 된다. 이 소수서원은 중종 37년에 주세붕(1495~1554)에 의하여 창건되고 소수서원 경내에 숙수사지 당간지주라는 것이 있었는데 이것은 불교 의식시 불(佛)의 공덕을 기리고 마귀를 물리칠 목적으로 달았던 "당"이라는 깃발의 깃대인데 이 깃대를 고정시켜 받쳐 세우는 돌기둥을 당간지주라 한다.

또한 경내에는 경렴정이라는 정자가 있었는데 여기에서 소수서원원생들이 시를 짓고 학문을 토론하던 정자로 중종 38년 주세붕 선생이 지정했다고 한다.

학구제 지락재라는 곳이 있어 유학생들이 공부를 하고 학문을 구하는 곳이라고 한다.

특이한 금성단이란 곳이 있었는데 조선 세조 때 단종의 복위를 도모하려다가 화를 당한 금성대군(1426~1457)과 순흥부사 이보흠 등 그 일로 연루된 사람들의 넋을 위로하기 위해 숙종 때 세웠다고 한다. 이것들을 관람 후 우리 일행은 부석사의 목조건물인 무량수전을 관람하고 영주에서 유명한 묵밥으로 점심을 하고 산에 있는 바위가 연못에 비추어 부처가 된 것을 이름하여 불영사라 하는데 초가을의 모습이 한껏 촘초름했다. 이 불영사는 모두가 비구니승 있는 곳이라 한다. 들어가는 오솔길 양 옆에는 소나무가 수종을 이루고 빽빽이 서 있었다. 저녁은 울진 바닷가 횟집에서 기사와 우리 일행 16명, 총 17명이 싱싱한 바다회로 마음껏 식욕을 돋구었다. 회원간 부딪히는 술잔에는 우리들의 깊은 지난날의 애수가 서려 있었다. 우리 동기회원들 모두 마음을 트고 추억을 이야기하는데 시간가는 줄 몰랐다. 저녁식사 후 우리 일행은 숲 속의 집이라는 2개의 동에 8명씩 나누어 잠을 잤다. 소나무가 빽빽하기 둘러싸여 있는 동화나라 속의 집 같았다.

우리 8명 중 한 사람이 일어나서 새벽 2시가 넘어 소주를 먹느라고 달그락 거리는 바람에 잠을 설쳤다고 고등학교 교장 출신인 장대형이는 야단이었다.

2일째 되는 날은 해신당 공원에 가서 남근을 구경하는 경험을 갖게 된다. 온 공원전체에 남근이 세워져 있다. 이 지역은 삼척시에 속했는데 옛날 신남마을에 결혼을 약속한 처녀총 각이 살고 있었는데 처녀 홀로 애바위에서 해초작업 중 큰 풍랑으로 죽었다. 그 후 바다에서는 고기가 잡히지 않았다. 그리하여 마을 사람들은 죽은 처녀의 원혼을 달래기 위해 실물 모양의 남근을 만들어 제사를 지냈더니 그 후 고기가 많이 잡혔다는 전설이 전해지고 있다. 지금도 대보름날에는 남근을 깎아 사당에 걸고 제사를 지냈다고 한다.

구경하고 내려오는 길에 아주머니들이 만든 남근들 옆에서 웃으면서 만지면서 사진들을 찍고 있었다. 왜 웃느냐고 하고 물으니 밥이 제일 좋고 그 다음이 이것인데 얼마나 중요하고 좋은 것이냐고 한다. 이렇게 해서 남근이 흐드러지게 수없이 되어 있는 해신당 공원을(세계적인 민속공원) 떠나 삼척에 있는 환선굴로 온다. 이 굴은 4년간 탐사 했으며 3년간 공사를 해서 4개월 전부터 관광객을 받고 있으며, 한 모노레일 열차에 40명씩 태우는데 하루에 18번씩 태운단다. 하루 총 관광객은 720명이다. 요금은 10,000원이 조금 넘는다. 현재는 적자인데 한 10년은 넘어야 흑자로 돌아선다고 한다. 환선굴 관광도 굴속까지 모노레일을 타고 들어가 종유석을 구경하고 또 굴속에서 모노레일을 타고 내려온다.

세계 어디에 내놓아도 밑질 것 없을 것 같이 잘 해 놓았다.

환선굴 구경 때문에 그곳 출발이 늦어져 오후 7시 30분경 출발해서 저녁 11시경 서울대 도착해서 모두들 각자가 이번 기회를 통째 단단히 우정의 벽을 쌓고 굳은 악수를 하면서 헤어졌다.

이번 모임을 통해 서울에 거주하는 경북대 출신 R.O.T.C 2 기의 모임은 더욱 돈독한 모임이 되었다고 생각한다.

모두들 회장단에서 수고했다고 위로해 주었다. 이번 여행에 울진에 있을 때 잘 백구회를 이끌어준 울진군수님께 감사 드린다.
서울로 오는 길에는 밤이 늦고 해서 빵을 못 구해 보리건빵과 우유로 저녁을 먹었다. 정말 이것도 추억으로 남을 일이다.

모교 김천고등보통학교와 최송설당님

2008. 8. 31. 일요일 아침은 여느 때보다 일찍 일어났다. 고향 김천 모교에서 총동창회 겸 송설역사관 개관식이 있는 날이다.

재경송설동창회 사무국장에게 전화를 하니까 2008. 8. 31. 일 일요일 아침 7시 30분까지 서울 교대역 9번 출구 신일관광에 승차하란다. 05시경 기상해서는 옛날 시골 아포에서 김천중학교에 가기 위해서(40리길 떨어짐) 새벽에 시골 제석동을 떠나듯 설레는 마음으로 준비를 해서 교대역으로 나왔다. 버스에 오르니 벌써 많은 동문들이 와 있었다. 총동창회 날이라면(김천까지) 한번도 가 본적이 없고, 오늘이 처음이고 마지막이 될 것이 확실하다.

오늘은 단단히 결심을 하고 가기로 결정한 것이다. 그 이유는 필자의 나이 올해 집에 나이로 칠십이 되었다. 정말 인생 칠십고래희라고 했는데 어느 듯 칠십이 되어 고향 가는 길을 따라 김천 송설 모교에 가는 것이다. 버스가 막 출발하면서 재경송설동창회 사무국장의 탑승자에 대한 소개가 있었는데 필자의 이름을 맨 먼저 불렀다.

그 이유는 필자가 송설 23회로서 오늘 내려가는 중 최고선배라고 소개했다. 무턱 덮어놓고 선배라기보다는 사회 한 자리한 직위가 소개되지 못했고 평생을 살아오면서 크게 이 세상에 후배들에게 내세울 일을 못한 것이 많이 부끄럽고 미안했다.

허나 누구나 기수와 이름만 불렀지 모두가 동창이라는 것이 중요하고 해서 인생의 직위는 그 어느 누구도 소개되지 않았고 마냥 우리는 모든 직위와 서열을 벗어나서 동창이면 된다는 큰 테두리에서 맞은 일이라고 생각되었다. 그런데 필자도 오늘처음 알아보았지만 TV에 한참 자주 나오든 분이 뒤에 앉아 있어 물어보니 지난번 기에 국회의원을 한 이목희 의원이었는데 304표 차이로 국회의원 재선거에서 패배했단다. 다음에 성공하라고 위로의 말씀을 드렸다.

서울에서 승차한 후 한 3시간이 지난 후 우리 서울 송설동창생들을 싫은 버스는 김천 부곡동 모교에(김천중고등학교) 도착했다. 교문 입구 조금 지나 있는 대강당에는 이미 서울, 부산, 대구, 구미, 대전, 김천에서 온 동문들이 만원을 이루고 있었다. 곧 식이 시작되고 축사에서 송설총동창회 회장 송석환님은 무더웠던 여름도 지나가고 이제 막 피어나는 코스모스 꽃길에서 가을이 다가옴을 느끼는 순간 이 같이 좋은 때에 2008년도 송설총동창회 정기총회와 발맞추어 송설역사관이 역사적인 개관을 한다고 말씀하셨다. 특히 오늘 개관하는 송설역사관은 77년 역사를 자랑하는 송설학원의 정체를 구현하는 구심체 역할을 담당할 소중한 공간이라고 했다.

전 청와대 비서실장과 법무부장관을 역임하고 현재는 송설당 교육재단 이사장인 정해창 선배는 우리의 젊은 후배들은 이 송설역사관에서 많은 교훈을 얻어 인생 설계와 발전에 밑거름으로 삼는 한편, 송설에 대한 자부심을 갖게 될 것이라고 확신한다고 말씀하셨다.

우리 송설이 전국 20위권 명문 사학으로 도약하는 일이 우리 모두의 소망이라고 했다.

정말 필자가 평소 느끼고 있는 것도 우리 송설, 김천중고를 세우신 최송설당은 "정재(淨財)를 육성에 써라"는 모부인 정씨의 유훈은 교주 최송설당으로 하여금 민족의 자존과 조국의 독립은 교육을 통해 성취할 수 밖에 없다는 확고한 신념에 이르게 하였으며, 재단설립을 밝히는 성명서에서 구체화하고 있으며, 교주 최송설당의 이 같은 결심이 1931년 5월 9일 마침내 사학의 명문 김천고등보통학교가 설립되는 쾌거로 이어짐으로써 우리 송설학원이 일제 강점기 11번째의 사립중등교육기관이 되었다고 한다.(송설역사관 관장 이동식님의 말)

송설역사관은 2000. 8. 27. 정기총회에서 송설역사관 건립을 의결하여 2008. 8. 31. 개관했다. 여기에서 최송설당은 「송설당서」에서 '삼동에도 타고난 성품을 더럽히지 않은 자, 사물가운데 <눈속의 소나무(雪中松)가 있는 고로 외람됨을 무릅쓰고 이를 호로 삼는다>'며 <송설당>이 자호(自號)임을 밝혔다. 최송설당은(1855~1939) 본관은 화순이고, 본명은 미상, 호는 송설당이다. 철종 6년 아들 없는 세 딸 가운데 장녀로 태어났다.

홍경래 난에 연루되어 몰락한 가문을 일으키고자 뜻을 품고 상경하여 엄비가 낳은 영친왕의 보모가 되어 황실과 인연을 맺고 1931년 전 재산을 희사해 교육환경이 척박했던 김천에 인문계 사립 김천고등보통학교를 세워 한국 근대를 대표하는 여성교육자가 되었고, 마지막 유언으로 "길이 사립학교를 육성하여 민족정신을 함양하고 잘 교육받은 사람이 나라를 바로잡고 동양을 편안케 할 수 있다"는 건학 이념을 남겼다. 최송설당의 교육이념을 살펴본다.(동아일보 1930년 2월 26일자 보도 기사 중 발췌)

"나는 원래 자수성가하여 남보다 넉넉하게 지내는 편이나 그
것을 가지고 일찍부터 무엇을 하려고 생각하였으되 오늘까
지 가정상 형편으로 결정을 하지 못했다가 이번에야 겨우 결
행을 한 것이오, 김천은 나의 고향인 만치 그곳을 항상 생각
한 것은 물론이며 더구나 경상북도는 인구가 그렇게 많은 데
다가 중등학교가 한 곳 밖에 없는 것을 늘 유감으로 생각하
였소"

그 후 최송설당의 나이 만 80세가 되던 1935년 11월 3일 동
상 제막식이 거행되었다. 그 당시 여운형의 동상 제막식 축
사는 아래와 같다.

"김천에 들어와서 우리의 생명탑이라 할만한 고등보통학교
가 뚜렷이 서 있음을 발견하매 오아시스를 만남과 같아서 얼
마나 반가운지를 깨닫지 못하였습니다."

다음은 송진우의 동상 제막식 축사이다.

"감사할 줄 모르는 땅에 위인은 나지 아니하는 법인 것을 우
리는 이 기회에 굳세게 깨달을 것이다."

이제 최송설당의 교육이념으로 우리 송설 김천중고는 명문
사학으로 우뚝 섰다. 마지막으로 송설역사관에 들려서 우리
동기(중 20회. 고 7회)의 송설을 빛낸 인물 벽에 부착된 사진
들… 내용인즉 육군참모차장 육군 중장 김형선, 서울대학교
부총장 최송화, 언론계에 매일경제 편집국장 배병휴, 부산일
보 주필 정선기, 대한변호사회 부회장을 한 김병찬 변호사의
사진들을 마지막으로 보고 오랜만에 찾은 모교를 떠나 서울
로 오는 우리 동창들이 버스에 올랐다.

잘 있어라. 영원한 모교 송설이여!

언제 다시 찾을는지! 이제 가면…

마감 시간을 위하여

어느 날 철학자 스피노자에게 기자 한 분이 아래와 같은 질문을 했다고 합니다. 만일 내일 이 세상을 떠난다면 우리 인간이 마지막으로 해야 할 일이 무엇인지 말해달라고 했습니다. 이에 스피노자는 "내일 생명이 끝난다 할지라도 나는 오늘 사과나무를 심겠노라"라고 말했다는 것입니다.

그렇다면 그 사과나무에서는 무슨 열매가 맺히기를 기대하며 한 말일까요? 모든 이 세상에서 심은 대로 그대로 거둔다는 진리의 평범한 법칙을 확신했기 때문일 것입니다.

우리의 삶은 마치 농부가 밭에 곡식을 심고 땀과 수고를 통해 가꾸고 키워서 가을에 추수를 통해 그 열매를 거두는 것과 같다고 하겠습니다.

우리 인생은 이 세상에 태어나서 각자가 일하게 되는 여러 형태의 직장에서 장래에 거두게 될 알찬 열매를 거두기 위해 인생을 참으로 열심히 살아가고 있는 것입니다. 지인성 목사도 이와 같은 내용을 잘 말씀하고 있습니다.

이렇게 인생을 정리해 볼 때에 사람들은 삶을 통해서 최후의 순간 즉 마지막 순간, 마감 시간까지 최고의 노력과 열정으로 살아야 한다는 것입니다.

그런데 우리 인간은 이 세상에 몇 백 년 아니 천년 그렇게 오래 존재할 수 없는 비극적 운명을 타고 이 세상에 태어났다는 것입니다.

그 말은 바꾸어 이야기 한다면 한 평생의 짧은 생존기간을 가지고 있으며, 불확실한 날짜에 반드시 기간의 마감이 있다는 것이고, 이로 인해서 사람은 자기가 맡은 직분에 대하여 서는 항시 최선을 다하고 노력을 배가해야 한다는 것입니다. 마감 시간이 오기 전에 항시 이웃과 잘 어울리고 믿음과 성실로서 대인관계에 임하고 이 사회와 가까운 사람들에게 정성을 다하는 희생과 봉사의 정신을 가져야 할 것입니다.

새해가 시작된 것이 엊그제 같은데 시간은 너무 빨리 가 한없이 반환점의 시간들이 쏜살같이 닥쳐온다. 항시 새해에는 멋지고 잘해보겠다고 단단한 결심을 해보지만 덧없는 일상의 쳇바퀴 속에서 또 반환점에 서서 후회하게 됩니다.

이것을 두고 이 세상 사람들은 세월에 속고 산다고 한다. 세월은 정말 유수와 같이 빨라 일년, 이년 가다가 보면 금새 70이 되고 병은 찾아오고 혼자 힘으로는 아주 거동할 수 없게 될 뿐만 아니라, 간혹 신문지상을 통하여 홀로 노인이 살다가 세상을 뜨게 되면 마지막 가는 길을 확인할 수 없어 여러 날이 걸리게 된다니 이 어찌 슬픈 일이 아니겠습니까?

그래서 인간은 누구 한 사람 빠짐없이 종착역이 있듯 그에 따른 마감 시간이 없는 사람은 아무도 없습니다. 인간은 한 사람의 예외도 없이 삶의 마지막 사람을 맞이하게 됩니다. 인간의 마감 시간이 있지마는 그것이 언제인지를 아는 사람은 아무도 없습니다.

예를 든다면 2007. 6월 캄보디아에서 있었던 비극적인 비행기 추락사고로 한국인 13명 전원이 사망한 사건은 그 누구도 예측할 수 없는 일임을 새삼 실감할 수 있었습니다. 그들이 공항에서 비행기 트랩을 오를 때 그 길이 마지막 가는 길이라고 생각하고 비행기에 오른 사람이 그 누가 있겠느냐 말입니다.

우리 인생을 사는 모든 사람들은 예측 불가한 삶의 마감 시간을 터벅터벅 걸어가고 있다는 것을 생각하면 참으로 무상하고 덧없는 인생의 길입니다.

사실 마감 시간이 나왔으니 말이지 12살 되던 해 1950년 한국동란(1950. 6.25전쟁)이 일어났었을 때 고향 마을에서 어린 시절 자라면서 6.25전쟁에 나갔다가 고향에 돌아오지 못하고 전사하신 분이 한 10여 명이나 되는데 자식을 전쟁에서 잃은 어머님들의 울부짖는 모습을 자주 목격할 수 있었는데 부모는 천금 같은 자식들을 그 전쟁에서 죽어 마감 시간이 오리라고는 생각도 못했을 것입니다.

정말 그 사랑하는 젊은 아들이 부모가 계시는 고향마을(현 경북 김천시 아포읍 제석리 동남촌)에 다시 찾지 못할 줄을 그 누가 알았겠습니까? 그 고향 청년 장정들이 전선으로 떠날 때 동구 버드나무 앞 작은 광장에서 농민들이 모두 나와 애국가를 부르며 공산군을 물리치고 다시 고향으로 돌아오라고 손을 흔들며 전송하던 날이 엊그제 같은데 벌써 60년이 다 되어갑니다.

그 옛날 고향 제석리의 비극은 이제 고향의 강물을 따라서 저 멀리 바다로 흘러간 지 아주 오래 되었습니다. 자식을 잃고 슬피 울던 어머니, 아버지도 이승을 떠난 지 벌써 오래 되었습니다.

이 글을 쓰는 본인도 이제 인생칠십고래회를 넘어서고 있으며, 고향 가는 길이 마감시간이 아주 가까이 다가오고 있습니다. 정말 삶은 그 자체 마감 시간을 향해가는 열차와 같아서 이런 저런 역 들어서면서 살아 있다가 결국 언젠가 분명히 마주할 그 마감 시간을 향해 달리고 있다고 정진홍외 스퍼트파워에서 잘 이야기하고 있습니다.

조용히 가슴에 손을 얹고 생각해 보면은 정말로 이 세상에 영원한 것은 없다고 합다. 이 말은 모든 존재하는 것은 마감 시간이 있다는 말도 되고, 진실을 아무리 감추려고 해도 절대로 비밀은 감추어질 수 없다는 뜻도 되겠습니다.

이제 한 시대에 살면서 마감 시간을 향하여 끊임없이 가고 있는 우리 인간은 순간 순간을 아주 중요하게 여기고 각자가 맡은 여러 직종의 일에서 조금도 약해지거나 소극적이지 않고 더더욱 적극적인 사고방식과 창의력으로 최선을 다해서 삶을 살아야 하겠고 고난과 역경은 잘 인내하고 참으면서 마감 시간을 맞이해야 할 것입니다.

결국 우리 인간은 오늘이 최초의 날이면서 최후의 날이라고 생각하면서 이 인생은 살아갈 수 밖에 없다고 생각합니다.

순간 순간이 아주 우리에게는 귀중한 시간으로 생각하고 잘 활동하는 삶을 살아야 할 것입니다.

인생은 영원하지도 않고 반복되지도 않는다

인생칠십고래희(人生七十古來希)라는 말이 있다. 두자미(杜子美)의 시구에 나오는 말로서 나이 칠십까지 사는 사람이 드무니 인생은 짧다는 뜻이고, 나이 칠십까지 살기가 어렵다는 말이 맞는 것 같은데 요사이 와서는 남녀 수명이 많이 길어지고 있는 것 같다.

허나, 인생 대부분 100년도 못사는 짧은 삶이고, 아울러 이 짧은 인생에 영원성도 없고 왕복표 즉 반복도 없는 짧은 일생, 일기의 기간 뿐이라고 하겠다.

또한 괴테는 상실된 삶에서 인간이 늙어지면 건강과 돈 모으는데 많은 어려움이 따르고 또 한때 다정했던 이 세상 친구들과 이별해야 되고 자기들이 정열을 바쳐 일하던 직장이 멀어지고 일자리를 얻기가 여간 어려운 일이 아니라 했다. 또 젊은 날에 강한 의욕과 정성으로 노력하고 일했던 꿈이 사라지는 것이라고 했다.

이 덧없고 공허한 허무한 삶의 가치를 어디서 찾을 것인지 상실된 삶에서 느끼는 그 말할 수 없는 적막감을 지적한 것 같다. 이 모두가 인생은 영원한 것이 아니고, 어느 기간에 존재하다가 사라지고 만다는 것을 이야기하는 것 같다.

사무엘 울만이라는 사람은 청춘이라는 시에서 청춘이란 인생의 어떤 기간이 아니라 마음가짐을 말한다고 했다.

늙은이의 상실된 삶에서 찾을 수 없는 장밋빛 볼, 붉은 입술, 나긋나긋한 손 말이 아니라 나이가 들었더라도 씩씩한 의지, 풍부한 상상력, 불타오르는 정열을 가진 사람은 바로 청춘이라는 것이다.

나이를 더해 가는 것만으로는 사람은 늙지 않는다. 이상을 잃어버릴 때 비로소 늙는다. 세월은 피부에 주름살을 늘려가지만 열정을 잃으면 영혼을 주름지게 한다. 머리를 높이 치켜들고 희망의 물결을 붙잡는 한 80세라도 인간은 청춘으로 남는다.

이야말로 영원하지 않는 인생에서 보람된 생을 사는 한 방편이다. 순간 포착이라는 말이 있듯이 인생은 영원성이 없고 반복되지 않기에 순간순간을 잘 적응하면서 원만한 결실을 거두는 삶을 살아야 하겠고, 특히 젊은 날은 인생의 굳은 토대이기 때문에 젊은 시절에는 불 같은 노력으로 왕성한 노후를 준비해야 할 것 같다.

시드니 셸던이 지은 '영원한 것은 없다'에서 닥터 페이지 테일러가 존 크로린을 살인하지 않았다고 아무리 변명한들 거짓 조작은 영원성이 없이 밝혀지는 것처럼 이 세상의 진실은 왜곡될 수 없으며 영원히 묻혀질 수 없으며 결국은 다 밝혀진다는 것이고 영원성 있는 것은 이 세상에 없다는 이야기가 된다.

링컨은 아래와 같이 말했다고 한다.

모든 사람은 잠깐 속이거나 소수의 사람을 영원히 속일 수는 있다. 하지만 모든 사람을 영원히 속일 수는 없다는 것이다. 이 말은 유한적인 삶을 사는 사람은 살아서 항시 진실을 이야기하고 거짓을 말하지 말고 항상 겸손하고 도덕적으로 살아야 할 책무를 느끼며 항상 살아야 할 것 같다.

중 같은 신부, 신부 같은 중이란 책을 쓴 어떤 신부가 쓴 책 중에서 자기가 신부가 된 이유는 이 인생의 무상과 허무감에서 비롯됐다고 했다. 고정불변의 영원성은 없다는 것이다.
한명회가 말년을 기러기와 벗 삼아 지내던 압구정이 환락의
방탕한 도시가 되고 어릴 때 친구들과 메뚜기 잡으며 뛰어
놀던 동네가 자동차 중고시장으로 변하는 것도 그렇고 못내
삶을 살면서 같이 먹고 마시고 정답게 이야기 나누던 사람들
이 흙에 한줌의 재가 되어 묻히는 것을 보고는……
이 세상 모든 것은 나에게 늘 이렇게 이야기하는 것 같다고
한다.
"이 세상에 영원한 것은 없어"라고.
인간은 어차피 유한한 존재이다.
아무리 잘 난 사람도 때가 되면 속절없이 떠나야 한다. 모든
재산과 높은 직위를 다 버리고…… 이런 실존적 상황 때문에
남에게 너그러워지는 것은 아닐까?
인간은 사랑으로 남을 포용하고 겸손해야 한다.
매 순간 만나는 모든 사람을 존경하고 꽃봉오리로 생각해야
한다.
「명심보감」에 굴기자능처중(屈己者能處衆)이란 말이 있다.
자기 몸을 굽히는 자만이 사람을 다스릴 수 있고 교만한 자
는 사람을 다스릴 자격이 없다는 뜻이다.
우리 모두 영원성도 없고 반복성도 없는 짧은 일회 일기의
삶을 사는 우리는 순간 순간이 생의 전부라고 생각하고 만나
는 모든 것에 뜨거운 사랑을 주며 삽시다.
'그렇게 산다면 이 세상은 영원한 젊은 날의 빛나는 청춘이
될 것이다. 비록 우리 인생이 황혼과 늙음을 가져보지만 말
이다.'